Dados Internacionais de Catalogação na Publicação (CIP)

Balthazar, Paulo.
Gnosi. Paulo Balthazar.

1. Não Ficção. 2. Literatura Brasileira I. Título.

ISBN: 9798647082046
REGISTROS:
Selo editorial: Independently published

PAULO BALTHAZAR

3

GNOSI DA MAIS LONGA DAS NOITES

GNOSI DA MAIS LONGA DAS NOITES

Prefácio.

Dia 21 de junho de 1970, foi o dia mais curto desse ano, logo esse dia anoiteceu mais cedo, o que fez com que à noite fosse a mais longa. Por vezes o tempo cronológico não acompanha o sensitivo, à noite, ficou uma hora mais longa, para mim, pareceu ter durado uma eternidade. O dia 21 de junho de 1970 foi diferente, não apenas por ter sido mais curto e, o Brasil ter ganho o tri campeonato mundial de futebol, no México. Na noite anterior ao dia 21, tive um sonho, estranho, sonhei com tudo que aconteceria no dia seguinte, também não acredito nisso, mas aconteceu, nesse dia parecia viver um filme repetido, uma espécie de déjá vu. Mesmo sendo cético, não acredito em nada que não possa tocar, igual ao apóstolo de Cristo, Thomas, ou São Tomé, que também não acreditava em nada que não pudesse ser visto ou tocado, porém, nesta noite descobri, há coisas que mesmo não podendo ser vistas ou tocadas, não podem ser ignoradas.

Capítulo Um.

O quarto onde eu e meu treinador nos hospedamos, têm duas camas de solteiros, com colchões de molas e forros de cama aparentando ser do século passado, ao lado, um roupeiro, dentro, dois cobertores, e baratas, que se assustam quando abro a porta para pegar outro cobertor, devido ao frio intenso da noite de início de inverno, as baratas correm para fora do roupeiro, me fazendo sapatear, tentando esmaga-las com os pés. Depois da dança das baratas, prefiro dormir usando minhas roupas e cobrir-me com os lençóis, que já estão sobre a cama, os termômetros marcam menos de 0°, ao ponto de congelar algumas poças d'água em meio à rua, além do desconforto e frio, ainda sinto muita fome e sede, pela desidratação, em sessões de abafamento[1], tentando perder 0.800 Kg. Por isso estou exausto, e mesmo com a fome e o desconforto, consigo dormir algumas horas, tempo de sonhar, ou ter presságios, me revelando o que aconteceria até a meia-noite do dia seguinte.

Sou pugilista, peso meio médio ligeiro, que vai de 60 a 64 Kg. Mesmo com quatro quilos de tolerância, dentro da categoria na qual luto, estou acima do peso, pesei 64.800 Kg, as 16:00 h do dia anterior à luta. A pesagem oficial e na manhã do dia da luta, cerca de 12 h antes do combate, tempo para que os lutadores se recuperem da perca forçada de

---

1   Técnica para se perder líquido do corpo pelo suor.

peso, a que são submetidos às vésperas da luta. Todos os pugilistas têm problemas com peso, não que estejam de fato acima do peso, mas porque todos lutam uma categoria, ou duas, abaixo da qual deveriam lutar. Tentam levar vantagem sobre o adversário, a mais antiga estratégia de combate, usada por Sumérios, Persas e Romanos, ter mais força bruta que o adversário. Mas como todos usam o mesmo truque, não há vantagem para ninguém, apenas um esforço a mais para os pugilistas, que geralmente ficam em jejum o dia anterior a luta, além de se livrar do máximo de líquido do corpo, desidrata-se o pugilista, fazendo com que perca um ou dois quilos na véspera, depois da pesagem o reidrata novamente.

Levantei como havia me deitado, vestido, com sede e fome, lavo o rosto, escovo os dentes, meu treinador, que dormiu na cama ao lado, já havia levantado e saido para tomar café, eu comeria e beberia algo apenas depois da pesagem, sinto-me meio fraco desta vez, perder dois quilos na véspera, foi mais difícil que costumava ser, talvez pela idade, trinta anos, passei o dia anterior em jejum, cuspindo e urinando, a base de diurético, e ainda não estou no peso, algumas gramas eu perco na hora da pesagem. Meu técnico, Jorginho, entra no quarto, fala para que eu me apresse, o promotor da luta já nos aguarda para fazermos a pesagem oficial, saio do banheiro, falo que estou pronto, dando ênfase:
– Não aguento mais de fome e sede velho, vamos fazer a pesagem e acabar com o sofrimento.

O velho, como eu chamo Jorginho, me olha com meio sorriso, que diz mais que algumas horas de diálogo, em sorriso amarelo fala algo que deveria me consolar:

– Você está ficando velho rapaz, o corpo já não responde tão bem quanto aos vinte anos. As coisas são assim mesmo.

As palavras disseram de forma amena o que seu olhar dissera antes, cheguei até onde poderia ter chego, com o talento que tenho. Na verdade não estou velho para o esporte, não se eu já houvesse ganho algum título importante; Sul-Americano, Pan-Americano ou o mais importante o Mundial, de qualquer organização ou federação de boxe, porém, o maior título de minha carreira, de doze anos lutando como profissional, foi o título brasileiro, conseguido a dois anos, depois lutei pelo título Sul americano, por dua vezes, são as duas derrotas que tenho em meu currículo. Percebo que as lutas ficam mais difíceis, ou, apenas já não tenho o mesmo entusiamo nos treinos, o sonho de ser campeão mundial parece ter ficado há muito no passado, chega-se à hora que o olhar do treinador nos faz entender, não somos tão bom o quanto pensamos ser.

O promotor chega as 07:00 no hotel, De Almada, na entrada da cidade de Quarai, fronteira com a cidade de Artigas no Uruguai, um hotel barato, sem luxo algum, que além de mim e meu treinador, hospeda vendedores e representantes comerciais que passam pela cidade, vendendo seus produtos as lojas e armazéns de Quaraí. O promotor da luta, um uruguaio, Jimenes Lança, o conheço há alguns anos, lutei em alguns eventos que ele promoveu, o uruguaio, teve a brilhante ideia, ou apenas precisa de dinheiro, igual a mim e meu treinador, Jorge Mãos de Pedra, ex pugilista, que agora ganha vida sendo treinador e empresário. O promotor conseguiu com a federação uruguaia de pugilismo essa data, talvez a única disponível para fazer sua noitada de boxe, menos importante, pois além da permissão, a federação é quem valida a luta no cartel dos lutadores, e fornece o ringue e os árbitros, sempre muito disputados por promotores de eventos pugilísticos no Uruguai.

A luta não vale muita coisa, no futebol seria um amistoso, apenas para dar volume ao cartel dos lutadores e conseguir algum dinheiro, meu cache é de USD 400,00[2] mais 5% da bilheteria, o lutador uruguaio vai receber a metade disso. Ele nunca ganhou nenhum título importante, é o campeão do Departamento de Artigas, todos os Departamentos uruguaios têm seu campeão, são fanáticos por pugilismo, tanto quanto por futebol. Metralheta Gonsales, é o nome de guerra de meu adversário, que além de pugilista é sargento da policía de Artigas, um pugilista de poucos recursos técnicos, Jorginho acha que eu atropelo o uruguaio até sexto round, da luta programada para doze rounds.

A cidade de Artigas está movimentada pela noitada de boxe, as rádios fazem anúncios a cada quinze minutos, é uma cidade pequena, sem muitas opções de diversão. Consigo ouvir os anúncios em Quaraí, no hotel barato onde estou hospedado, os

---

2   Dólares

rádios em Quaraí sintonizam as rádios de Artigas e vice-versa. O assunto do momento, além do jogo Brasil e Itália pela final da copa do mundo, é a luta do sargento Metralheta Gonsales contra o campeão brasileiro, anunciada sendo a revanche da derrota do Uruguai para o Brasil, ocorrida quatro dias antes, dia 17 junho, no estádio Jalisco em Guadalajara, o motivo do promotor achar que a data é perfeita para uma noitada de boxe no lado uruguaio da fronteira.

Saímos do quarto, e começo a ter flashes do sonho que tive na noite anterior, olho para Lança, o promotor da luta, o conheço há alguns anos, como já disse, lutei em algumas noitadas de boxe que ele promoveu, antes ainda de eu ser campeão brasileiro, depois que consegui o título brasileiro, ele promoveu minha primeira luta internacional contra um uruguaio, na cidade de Salto, distante cerca de 200 Km de Artigas, cidade as margens do rio Uruguai na fronteira com a Argentina. Luta ganha devido a minha melhor técnica, sou o que os especialistas de boxe chamam de estilista, tenho pouca pegada, danço mais do que luto, já o pugilista uruguaio, um pegador, quase me nocauteia no quinto round, consegui fazer o clinch e terminar o round, ao final dos doze rounds ganhei por pontos.

Após dois anos, eu continuo sendo campeão brasileiro, e o outro pugilista, Júlio Carrilho, tornou-se campeão uruguaio, Sul-americano e está em Las Vegas, para lutar pelo título mundial. Assim é a vida, uns nascem para ir mais longe que outros, ou tem mais talento. O promotor, que também é ex pugilista, conhecido como Gatito Jimenes, por ter o estilo de luta parecido com o meu, sorri ao me ver, e faz o que eu o vi fazer no sonho da noite passada, caminha gingando em minha direção, como se fosse boxear, ao se aproximar, dá uma sequência de upper, apenas encostando seus punhos em meu abdomem, e cruza com a direita, encostando em meu queixo, me abraça e fala em portunhol, ou algo parecido, misturando palavras do espanhol, português e inventando algumas:

– Mas que tall! Aindo estoi em buena forma.

Fico meio confuso com a situação, tenho a impressão de já ter vivenciado o que está acontecendo. Tento livrar-me da sensação, não dando atenção a esse déjá vu. Sorrio para o uruguaio, penso com meus botões _ está em péssima forma hermano, medindo o mesmo que eu, 1.75 m, e pesando 100 kg, você é tudo o que eu não quero ser aos cinquenta anos, um lutador fracassado, um promovendo lutas de fracassados.

Por um momento me esqueço do d*éjá vu,* e constato, se ele promove lutas de fracassados e, está promovendo minha luta, eu sou um fracassado. A expressão de sorriso desaparece de minha face, o promotor pergunta se está tudo bem, aceno com a cabeça dando entender que sim e saímos para que eu fosse pesado. No caminho deixo-me enganar com palavras que me acariciam o ego, e esqueço que estou em fim de carreira, o promotor fala das lutas que me viu lutar, o quanto sou técnico, o público gosta de me ver boxear. Quanto a isso há uma certa verdade, eu luto bonito, pouco eficiente, mas bonito.

O primeiro dia de inverno prosseguiu como se fosse uma reprise, em preto e branco, de algum filme do cinema nacional, que produz pornochanchadas, já os filmes uruguaios, apenas filmes de militância política, do Movimento de Liberatión Nacional, os MLN Tupamaros, filmes muito ruins, ainda piores que as pornochanchadas.

Embarcamos em um, opala duas portas, meu treinador e empresário senta no banco da frente, o ex pugilista e agora promotor de 100 kg, se acomoda com dificuldades atrás do volante e partimos para o lado uruguaio da fronteira, não mais que três km de onde estamos, descemos por uma rua recoberta por paralelepípedos, onde de ambos os lados vejo casarões, de dois ou três séculos de idade, é o centro de Quaraí, a rua termina em um pontilhão de madeira que atravessa o rio homônimo à cidade, unindo as cidades brasileira e uruguaia.

Do lado uruguaio, subimos pela continuação da rua brasileira, com outro nome, castelhano, rodamos uma centena de metros e passamos em frente a uma praça, que ao centro ostenta uma estátua, em tamanho natural, de um ginete em trajes de general, cavalgando um belo cavalo Crioulo, ou Mangalarga, o tronco do cavalo tem a morfologia Crioula, já a cabeça é mais parecida com os Mangalarga, o ginete, é o general Artigas, fundador da cidade e herói de guerras. Qual país não os tem? Passando pela praça, onde há vários casarões iguais aos do lado brasileiro, parecendo ser um único país, a mesma cidade separada por um rio, alguns quarteirões acima chega-se ao ginásio municipal de

Artigas, localizado ao lado da escola municipal de ensino médio, tem vários veículos estacionados à frente do prédio, carros da rádio e da TV local, vieram para acompanhar a pesagem, é um evento importante para pequena e pobre cidade fronteiriça, o promotor contorna o ginásio e entra pelo pátio do colégio, estaciona próximo à entrada lateral do ginásio, por onde entram os estudantes em dias de aulas de educação física, tem outros carros estacionados no local, um da polícia da cidade, no qual veio meu adversário, meu técnico cumprimenta o técnico uruguaio, meu adversário me estende mão, percebo que ele é maior e mais entroncado que eu. Isso não me preocupa, se eu tive dificuldades para chegar no peso, imagine ele sendo maior?

Ao caminharmos para entrar no ginásio vejo uma mulher saindo de uma das salas de aula, olho para ela, tenho a impressão que a conheço a muito tempo, mesmo tendo certeza de jamais tela visto antes, fico em dúvida se a vi em meu sonho, à noite anterior, ou ela esteve em meus sonhos por toda minha vida. Ela me olha, abre um pouco mais os olhos e sorri, tem o rosto cumprido, queixo quase retangular, disfarçando e diminuindo a extensão do rosto, acima, lábios sensuais, mas não tão carnudos quanto os de Ava Gardner, tampouco comportados como os de Julie Andrews, sensuais o suficiente para chamar a atenção e compor harmonicamente o conjunto que forma seu rosto, o nariz vermelho pelo frio da manhã de inverno, de tamanho médio, abaixo de grandes olhos horizontais, quase asiáticos, de cor negros, igual aos cabelos ondulados, descendo até próximo à cintura, contrastando com a pele alva, igual à da branca de neve, usa um vestido parecido ao da personagem de contos de fada, não tão colorido, o dela, é branco com alguns detalhes em azul, por cima um casaco feito em crochê, de cor cinza claro, cobrindo até pouco abaixo da cintura, o pescoço protegido por um cachecol, também feito em crochê, e na cabeça uma boina de cor negra, usadas pelos espanhóis da Catalunha, a observo, tentando adivinhar suas medidas, deve ter a minha altura, se fosse pugilista lutaria na categoria dos galos, que vai de 53 a 57 kg, a sigo com os olhos por alguns instantes, enquanto ela se afasta em direção à saída do pátio, me lembro de um poema que ouvi em uma rádio castelhana, à noite passada, poema falando da perca de um amor, por um momento fico na dúvida, se havia sonhado com o poema, ou todo o momento que vivia fazia parte do sonho da noite anterior. Um flash do sonho me vem a mente, vejo ambos sentados em uma mesa, e ela me doutrina em matérias diversas, igual a um professor ensinando a um aluno, tropeço em meu adversário que caminha à minha frente, ele olha para mim, depois para minha branca de neve, faz expressão de quem não gostou do que viu, olha novamente para frente e segue caminhando, ela olha em minha direção, vê a cena, balança a cabeça sorrindo, faz sinal com as mãos que devo olhar para frente, sorrio desajeitado e faço o que ela manda, continuo pensando no sonho, na uruguaia, e no poema de autor ignorado.

Entramos no ginásio ao redor da quadra, encostada às paredes, está a arquibancada, com vários lances de assentos, ao centro, rodeado por uma cerca de metal de 0.90 m de altura, fica a quadra, usada para variados tipos de esportes: basquete; futebol de salão; vólei; handebol entre outros, nesse dia no entanto, seria o palco de pugilismo, no centro da quadra começavam a montar o ringue para as lutas da noite, algo estranho, pois geralmente o ringue é montado no dia anterior a luta.

Ao redor de onde montam o ringue, outras pessoas arrumam várias fileiras de cadeiras, que serviriam de camarotes, a um metro do ringue, fica a mesa dos jurados da luta, cinco jurados, todos vindos da cidade de Salto, entre a mesa e o ringue está a balança. Os técnicos conferem se a balança está aferida, subindo e pesando a sí próprios, ambos acenam que está de acordo, eu e meu oponente nos despimos, tiramos os agasalhos, ficamos de sunga, nos postamos frente a frente em posição de luta, para tirarem as fotos dos jornais, eu sou convidado a me pesar primeiro, concordo e subo na balança, 64,300 kg., trezentas gramas acima do permitido, Jorginho me olha com expressão de quem não está preocupado com meu sobrepeso, o jurado responsável pela pesagem faz expressão de descontentamento e anota o peso na súmula, Metralheta Gonsales se aproxima, sobe na balança, 65,200 kg., um quilo e duzentas gramas acima do peso.

Os jurados chamam os treinadores, perguntam se farão outra pesagem em duas horas, meu técnico diz que sim, o técnico do meu adversário se recusa, eu conseguiria perder as trezentas gramas em duas horas, vestiria vários agasalhos, pularia 15 minutos de corda, deitaria e seria coberto com pesados cobertores, abafamento, por mais quinze minutos, depois pularia mais quinze minutos de corda e continuaria até passar as duas horas, me desidrataria um pouco mais, trezentos gramas de suor não é difícil de se perder em duas horas, mas um quilo e duzentas gramas é quase impossível, dado que ambos já estamos no limite da desidratação.

Jorginho conversa com o técnico do meu adversário e com o promotor da luta, depois vem falar comigo:

– Vamos lutar assim mesmo? Ele está novecentas gramas mais pesado, mas como disse, tu janta esse uruguaio antes do sexto round, já o vi lutar uma vez, um franco-atirador, é só ficar longe da direita dele e fazer o que tu faz melhor, usa seu jogo de pernas e o castigar com jabs e diretos.

Para de falar, olha para mim, esperando uma resposta, Lança, o promotor da luta se aproxima, me recordo do sonho da noite anterior, pareço ouvir sua voz antes mesmo dele abrir a boca:

– Mi hermano, que se passa? Nem tu nem Gonsales estam no peso, mi patrício ainda peor, pero la luta tene que haver, vendi los engressos, lo ringue estai ká, amanhanã tengo de entregá-lo a federaçom – para de falar olha para os lados, dando a entender que averigua se ninguém mais nos escuta – lo boxeo de mi patrício, Metralheta Gonsales, é mui pequeno para uste, não será una luta, será um passeo para uste.

Tenta convencer-me que venço a luta com facilidade, mesmo meu adversário pesando mais. Nunca vi Metralheta Gonsales lutar, mas pelo que sei dos uruguaios e pelo que meu técnico falou, é isso, um franco-atirador, pugilista de mão pesada, que vai passar aluta tentando me derrubar com um único golpe, já lutei com outros pugilistas uruguaios e argentinos que lutam dessa forma, também alguns brasileiros, principalmente os da escola de Santa Maria no RS.

Acertaram que como a luta não valia nenhum título, em vez de lutarmos na categoria dos meio médio ligeiro, lutaríamos uma categoria acima, na dos meio médio, que vai de 65 a 69 kg. Concordei, não havia outra opção, meio a contragosto, havia feito um esforço sobre-humano para perder peso, e devido ao novo acordo, estava 3.700 kg abaixo do peso máximo da categoria. Lança demonstra ter ficado aliviado, havia vendido todos os ingressos, além de ter negociado a transmissão da luta com a rádio local e vendido os espaços nas paredes e na cerca, ao redor da quadra, para comerciantes fazerem marketing, elogia minha atitude, diz que a torcida da cidade estará a meu favor, mesmo com a rixa pela perca do jogo na copa do mundo, pois o pugilista Metralheta Gonsales é sargento da policial, uma instituição ainda de direita, no país tomado pela esquerda, o povo em peso estaria ao meu lado, outros flash do sonho da noite passada me vem à mente, vejo o ginásio lotado gritando meu nome, enquanto o adversário me soca, sem que eu possa me mover, pois estou preso ao tablado do ringue, olho para o lado, vejo os montadores instalando os pilares que formam os corners e sustentam a armação de metal, onde se encaixa o tablado de madeira, parece tudo normal, volto a olhar o uruguaio que fala que não me preocupe, estará tudo pronta até a hora do evento, fala empolgado.

– Non te aborreças com nadia, hoje serás una notie Inesquecible.

Chama dois repórteres que acompanhavam a pesagem para que me entrevistem, apresenta a mim, como sendo um pugilista vindo do proletariado, da classe mais humilde da capital gaúcha, depois exalta meu cartel, com 36 lutas profissionais, 34 vitórias e 2 derrotas, os repórteres me perguntam que acho de mudar de categoria em cima da hora, se foi intencional, se tinha a intenção de mudar de categoria, o que eu achava de meu adversário, e sobre essa questão política que havia se formar no entorno da luta. Confesso que até então nem sabia o que significava a palavra proletariado, pratico boxe desde os quatorze anos, cursei até a sexta série do ensino fundamental, nunca interessei-me por política, de repente por uma ideia de marketing, o promotor da luta me transformam em proletariado e me faz natural de Porto Alegre, na verdade nasci em Tupamciretã, a cerca de 380 km de Porto Alegre, cidade do centro ocidental Rio-grandense, divisa com Cruz Alta. As perguntas que me falta conhecimento para respondê-las, sou auxiliado pela experiência do sexagenário Jorginho, que se intromete e responde como se fossem minhas palavras. Um dos repórteres pergunta o que acho das mulheres uruguaias, olho para os lados, procurando auxílio de meu técnico, ele faz expressão de quem diz – isso é algo pessoal, fale qualquer coisa – lembrei-me da branca de neve que vi ao entrar no ginásio, e o poema que não saia de minha cabeça, achava que o autor era uruguaio, mais tarde descobriria que estava errado quanto a nacionalidade do poeta, que é nicaraguense, na verdade um revolucionário Sandinista, movimento de esquerda, iniciado a pouco na Nicarágua, e por ignorância, corroborava com as afirmações mentirosas do promotor da luta a meu respeito, me esforcei para lembrar do poema, faço uma introdução, que me causaria problemas:

– Quando penso nas mulheres uruguaias, me vem a cabeça um poema;
  Al perderte yo a ti
  Tu y yo hemos perdido:
   Yo por que tú eras
  Lo que yo más amaba
  Y tú por que yo era
  El que te amaba más.
  Pero de nosotros dos
  Tú pierdes más que yo:
  Porque yo podré amar a otros
  Como te amaba a ti,
  Pero a ti no te amarán
  Como te amaba yo. [3]

Os repórteres perguntam se tenho algum romance no Uruguai, se sofri uma decepção amorosa

---

3 Compositor, Ernesto Cardenal Martinez.

com as mulheres do país, fico sem saber o que responder, nunca namorei uma uruguaia, nem sei porque recitei o poema, sou salvo pelo promotor da luta, que me puxa falando que tenho outros compromissos, o que também não é verdade, mas fico feliz em terminar a entrevista para qual já não tinha respostas a dar, além de passar das 09:00 h, estou a mais de 24:00 em jejum, desnecessários, já que vou lutar uma categoria acima, logo estou abaixo do peso. Lança fala que providenciou uma cafeteria onde nos serviríamos em um bufeet, digno de astros de cinema, e após o desejum, eu e meu adversário estaríamos ao menos quatro quilos acima do peso.

Capítulo Dois.

Um dia curto demais.

O Buffet fica na mesma rua do ginásio, algumas quadras em direção oposta a que viemos, na verdade está Av. é o centro de Artigas, as demais vielas começam nela e estendem-se por uma dezena de quadras antes de tornarem-se zona rural, a Av. é dividida ao meio por um jardim, onde há plantados pés de cedros, de flores roxas, a cada cinco ou dez metros, iniciando no pontilhão que atravessa o rio Quarai, e segue por alguns km em direção à cidade de Salto, algumas quadras acima do café aonde fizemos o desejum, a cidade termina, e inicia-se a zona rural. O Buffet é surtido, desejum para todos os gostos, doces e salgados, café, sucos, pães variados, bolos, pudim, tortas, frutas e uma variedade pratos e iguarias diversas. Além de mim e o sargento uruguaio, há outros oito pugilistas, que farão quatro lutas preliminares antes da nossa luta, a principal da noite, os demais pugilistas eram todos uruguaios, quatro de Artigas e quatro da cidade de Salto. Meu adversário estava faminto, como imaginei teve mais dificuldade que eu para quase chegar ao peso.

Após o café voltamos para o hotel, em Quaraí, chegamos já perto do meio dia, me deito para descansar e preparar-me para luta de logo mais. Fecho os olhos, tenho a impressão que o não se passou nem cinco minutos até ouvir gritos, comemorações e fogos de artifício, estourando por todos os lados, me levanto assustado, olho no relógio, já são 15:18 h. Escuto os gritos de gol, saio do quarto vou até o saguão do hotel, onde tem vários hóspedes assistindo ao jogo em uma TV de 14", pergunto com cara de sono quem fez o gol, um dos hóspedes, representante de uma fábrica de peças automotivas, os hóspedes são todos vendedores que abastecem as lojas da cidade com produtos fabricados na capital, ele fala empolgado – um golaço de Pelé – outro que representa uma fábrica de tubos de PVC complementa – uma assistência fenomenal de Rivelino – me sento em uma das cadeiras espalhadas pelo saguão do hotel, próximo a Jorginho, que assiste ao jogo acompanhando cada lance, levando o corpo à frente e para atrás, como se fosse ele a receber ou chutar a bola, eu tento prestar atenção no jogo, estou sonolento, cochilo alguns minutos, o tempo de ser acordado novamente, agora com exclamações de descontentamento e um grito abafado de gol vindo da TV, vejo o replay, e o locutor repetir o nome – Bonimsegna, é dele o gol que empata o jogo aqui na cidade do México, valendo o título mundial da copa do mundo de 1970 – o gol dos italianos foi no final do primeiro tempo, no intervalo, aproveito os quinze minutos para cochilar um pouco mais, enquanto os demais vão ao banheiro ou servem-se de mais um copo de bebida, alguns bebem café para aquecer a tarde fria, outros, mesmo com o frio bebem cerveja, eu relaxo e cochilo, até ser acordado com segundo gol brasileiro, gritado pelo narrador esportivo – um chutaço de Gérson, depois da assistência maravilhosa de Jairzinho, aos 21 minutos do segundo tempo, o Brasil põe a mão caneca... – depois desse gol despertei e passei a acompanhar o jogo com mais atenção, aos 26 do segundo tempo o novamente o narrador grita e comemora, mais que comenta – Pelé dá um passe açucarado para Jairzinho, o deixando na cara do gol para fazer o terceiro tento brasileiro, decretando que o caneco é nosso...

O saguão do hotel vira um salão de festa, não se consegue mais assistir o retante do jogo devido ao barulho, Jorginho aos gritos fala para o representante de uma fábrica de cordas, que a copa do mundo já esta ganha, é só o Brasil tocar a bola e esperar o jogo acabar. Pelé não segue o conselho do meu técnico de boxe e se arrisca, fazendo a jogada descrita pelo narrador – é desconsertante a jogada desse menino da baixada santista, ele deixou Carlos Alberto Torres na cara do gol, não tinha como não fazer o quarto gol brasileiro, e agora aos 42 minutos do segundo tempo, somos o único país tri campeão mundial de futebol... – depois desse gol, ouvia-se fogos de artifício pela cidade toda, carros que começavam a andar na rua, antes deserta, passavam buzinando sem parar, nem sequer aguardaram o final do jogo e a comemoração seguiu pelo resto da tarde e noite adentro.

Ficou impossível descansar no hotel, ou em qualquer outro local em Quaraí, resolvemos ir até o ginásio ver como estavam as coisas, pegamos os apetrechos necessários, bandagem, vaselina, toalhas, chamamos um taxi que nos levou ao ginásio onde aconteceria a luta. Passava das 17:00 h, começava a escurecer, comento:

– Que horas são? Já está escurecendo.

Jorginho olha o relógio.

– Não é tão tarde, são 17:30 h, acho que o dia está nublado, início de inverno, por isso parece anoitecer.

Ao atravessarmos o pontilhão, tenho a sensação de adentrar em um universo paralelo, tal a contradição que presenciava, do lado brasileiro, tudo acontecia não apenas simultaneamente, como tem de ser, mas todos pareciam estar sincronizados, falavam, gritavam e bebiam todos ao mesmo tempo, com movimentos, palavras e atitudes idênticas.

Do lado uruguaio tenho a percepção que elas ocorrem sequencialmente, ou exatamente como as vejo acontecer, uma de cada vez; o ciclista que pedala sua Caloi, em frente à praça principal de Artigas, fica estático, imóvel, quando paro de olhar para ele e olho em direção a uma andorinha, que aumenta a quantidade de guano acumulada sobre a imponente estátua do general Artigas, também a andorinha para de bater as asas e se paralisa no tempo, quando desvio o olhar em outra direção, a de um casal, devem ser namorados, pela proximidade que conversam sentados em um dos bancos da praça, e a maneira como o rapaz aproxima seus lábios para beijá-la, um beijo de namorados, diferente do beijo de casados, sem tanta paixão, ou dos de amantes, sem tanto pudor, olho em direção as pessoas que caminham pela rua, cada uma delas movendo-se conforme eu as olho, brinco de ser o responsável pelo movimento dos uruguaios, olho para alguém e ele se move, paro de olhar e ele vira estátua, olho novamente para o casal de namorados, no momento em que o rapaz afasta seus lábios dos da namorada, sinto-me arrependido, devia ter deixado que se beijassem pela eternidade.

Chegamos ao ginásio, a situação é diferente, parece termos voltado ao lado brasileiro, todos movem-se e falam iguais os torcedores brasileiros, não só simultaneamente, mas sincronizados, o assunto não é futebol, nem tinham a expressão de que comemoravam à vitória brasileira, passamos próximo ao ringue, parece já estar montado, porém o tablado, feito de tábuas de pinos, suportadas pela armação de metal, estão amostras, em cima das tábuas se coloca uma camada de feltro, e sobre o feltro uma lona, deixando o tablado apto para que bons pugilistas possam usar suas técnicas, estilistas escorregando sobre a lona quase em passos de ballet, e pegadores, caminhar, um passo de cada vez, tendo os pés sempre plantados na lona, aumentando a potência da pancada.

Ouço vozes de todos os lados e gestos impacientes, vejo o promotor da luta falando alto e gesticulando com os representantes da federação uruguaia de pugilismo, ele nos vê, caminha em nossa direção, meu técnico pergunta o que houve, se aconteceu algum problema, o uruguaio enrola, solta um – pero si, pero que no – que nem eu ou Jorginho entendemos, ele explica melhor:

– La cubierta de los tablones non la traerlos com lo ringue, no hay más tiempo para ir a Salto a traerlos.

O ringue está pronto, mas a lona e o feltro não vieram, estavam discutindo o que fazer, meu técnico pergunta ao promotor o que pretende fazer.

– Uno de los patrocinadores tiene una ferretería, fue a buscar un lona, no te preocupes, todo estará bien.

Responde Jimenes Lança, mas ele próprio não segue, ou acredita em seu conselho, demonstrava estar nervoso com a situação, caminha até próximo aos montadores, confirmando se de fato era apenas o feltro e a lona que faltava para concluir a montagem do ringue, todos voltam a falar e gesticular simultaneamente, a discussão e pausada quando veem entrando no ginásio algumas pessoas, trazendo lonas dobradas, formando fardos, também feltros, o promotor sorri, olha para meu técnico faz sinal de positivo com o polegar, estendem o material na quadra, próximo ao ringue, o feltro que conseguiram está em pedaços e a lona também não é inteira, o ringue tem 6 m por 6 m , a lona do ringue tem 8 m por 8 m, cobre todo o tablado, a sobra desce dos lados do ringue cobrindo as ferragens, a lona conseguidas é de 2 m por 6 m, sendo necessário três lonas para cobrir as tábuas, ficando duas emendas no meio do ringue, os feltros apenas pedaços, formando buracos entre um pedaço e outro, subo no ringue, um flash do sonho da noite passada me vem à mente, eu preso ao ringue sem poder me mover, sendo golpeado pelo adversário, me movo sobre o ringue, dançando em meu jogo de pernas com os pés deslizando sobre o tablado, meus pés se prendem nas emendas da lona e nas falhas, entre os pedaços de feltro, abaixo da lona, desço do ringue, demonstrando descontentamento, o promotor se aproxima, levanta as mãos para o alto, querendo demonstrar que não é sua culpa, fala se desculpando:

– Si no es bueno para uste, tambien no es bueno para mi patrício.

Dou as costas para o promotor e suas desculpas, me encaminho para o vestiário feminino, separados para que fosse o local onde eu e os lutadores vindos da cidade de Salto usaríamos para nos preparar para a luta, já o vestiário masculino, seria usado pelos lutadores de Artigas, deixo Lança com seu péssimo portunhol se explicando com meu técnico, que em seguida o deixa falando só e me segue, no vestiário separamos o banco maior e uma mesa para mim, me deito no banco para descansar, Jorginho coloca sobre a mesa seu material, ataduras, esparadrapos, vaselina, gel coagulante para estancar sangramentos, agulha e linha para suturar cortes, pega uma cadeira, senta próximo do banco aonde estou deitado, aguardamos a hora de subirmos ao ringue e lutarmos nossa trigésima sétima luta.

Cochilo por algum tempo, acordo ouvindo vozes no vestiário, os pugilistas da cidade de Salto já se preparam para as lutas, o técnico deles conversa animado com jorginho, enquanto prepara um de seus pupilos para a primeira luta da noite, é um peso galo, um atleta de vinte anos de idade, parece estar nervoso, é sua décima luta como profissional, mas já tem duas derrotas em seu cartel, um pugilista que não irá longe no boxe, vai servir de escada para outros pugilistas de maior talento, seu técnico enrola as ataduras em suas mãos, enquanto conversa com Jorginho, sem dar muita atenção ao nervosismo de seu pupilo, por alguns instantes me perco olhando a expressão de medo e coragem mescladas no

semblante do jovem atleta, ele vai ganhar USD 50 para uma luta de oito rounds, é quase o salário do mês de um assalariado uruguaio, se lutar bem e ganhar, talvez na próxima luta paguem USD 80 ou USD 100, não ganhará nem um título nem se tornará famoso, mas por alguns anos terá garantido ao menos um salário para cada luta que fizer, não é um mal negócio, se não tiver grandes ambições na vida. Esse talvez seja o grande problema da vida, as ambições que temos, e as expectativas criadas por elas, olho um pouco mais para o pugilista, pelo nervosismo, imagino que ainda tenha muitas sonhos como pugilista, expectativa que mesmo não sendo técnico de boxe, por experiência, posso afirmar que ele não as deveria ter, seria mais fácil para ele se apenas lutasse essa luta, ganhasse seu salário e o aproveitasse, pois é tudo que o boxe lhe dará. Escutamos o mestre de cerimônias cumprimentando ao público e anunciando à primeira luta, o técnico se levanta, dá dois tapas carinhosos no rosto de seu atleta;
– Bamonos mi galito, agora é com uste.

Ambos saem do vestiário, escutamos os gritos do público, eu e os demais nos olhamos, Jorginho expressa o que pensamos – temos casa cheia – o ginásio está realmente lotado, as pessoas se apertam nas arquibancadas e disputam as cadeiras do camarote ao redor do ringue, casa cheia, é sempre uma pressão a mais para os lutadores. Nos vestiários seguimos concentrados, tentando não dar atenção a casa estar cheia, preocupados com nossas próprias expectativas sobre o sucesso na profissão que escolhemos, por motivos distintos, ou talvez o mesmo, o boxe é o esporte profissionalizante mais barato para ser praticado, na verdade não tem custo algum, provavelmente todos somos proletariados, sem muitas expectativas na vida. Escutamos o tinir do gongo findando o primeiro dos oito rounds, para o qual está programada a luta, e os demais rounds, entre gritos de apoio a um e outro pugilista. O combate dura os oito rounds, é decidido por pontos, o arbitro de ringue lê o resultado dos árbitros de mesa, no total 100 a 98 para Salmir Callados, os demais pugilistas da cidade de Salto comemoram, o peso galo ganhou sua nona luta, agora seu cartel é de nove vitórias e duas derrotas. A próxima luta é de um peso pena, de vinte e dois anos, Carlito Zamballi, com vinte lutas no cartel, mas já acumula cinco derrotas em seu currículo, igual a todas as lutas preliminares programadas para oito rounds, porém Carlito foi a lona no sexto round, contabilizando a sexta derrota em seu cartel, por nocaute técnico. As outras duas lutas preliminares seguintes, uma de médio e outra de meio pesado, também terminaram com vitória para os lutadores de Artigas.

Jorginho prepara a bandagem em minhas mãos, com toda sua experiência de décadas de pugilista e treinador, passa vaselina em meu rosto, massageia meu nariz, amaciando a cartilagem para que não sangre ao ser golpeado, escutamos o mestre de cerimonia anunciando a luta principal, entre o campeão brasileiro e campeão do Departamento de Artigas, caminhamos por um corredor entre as cadeiras ao redor do ringue, as pessoas gritam meu nome e não o nome do lutador da casa, como o promotor disse que seria, subimos no ringue, percebo que a situação do tablado está ainda pior que antes, devido as lutas anteriores a lona e os pedaços de feltros abaixo dela moveram-se, aumentando a irregularidade do piso, impossível de se mover arrastando os pés como fazem os estilistas, Jorginho caminha pelo ringue, me olha cabisbaixo, entendo seu olhar, entrei em uma enrascada, o mestre de cerimonia aponta para meu adversário e exalta seu currículo, 35 lutas 31 vitórias e 4 derrotas, vira-se para mim, faz suspense, e anuncia o adversário do campeão da casa, com o currículo de 36 lutas, 34 vitórias e 2 derrotas, o público das arquibancadas gritam meu nome, alguns gritam palavras de ordem contra meu adversário – Metralheta és opressor del povo de Artigas – frase que vira couro em meio a multidão da arquibancada, uma situação inusitada, ter o apoio dos uruguaios lutando contra um uruguaio, a luta principal havia se tornado um ato político, e eu, uma peça importante do ato político, e nem sequer me interessava pela política do Uruguai, ou de lugar algum.

O arbitro de ringue nôs chama para dar as últimas instruções, eu e meu adversário ficamos frente a frente já prontos para a combate, o juíz dá as instruções, pergunta se compreendemos, manda que voltemos aos cornes e aguardemos o soar do gongo. Voltamos para nossos corners, Jorginho passa um pouco mais de vaselina em meu rosto e também no peito e costas enquanto fala:

– O tablado está horrível, se bailar arrastando os pés, vai se enroscar nas emendas da lona ou nos buracos feitos entre os pedaços de feltros abaixo da lona, ele vai tentar tirar proveito disso, sabe que sua vantagem é a mobilidade, vai ter de mostrar pra ele que ele está errado, quando ele se aproximar, descarrega uma saraivada de jabs, diretos e cruzados, se afasta levantando os pés para não se enroscar na lona, espera ele se aproximar e repete a saraivada de golpes e se afasta novamente.

Respondo que compreendi a estratégia, ele pega o protetor bocal, joga água nele, enche minha boca de água, cuspo a água na cuspideira ao lado, ele coloca o protetor em minha boca, a primeira martelada no gongo é dada, sinal para os treinadores saírem do ringue, e dada a segunda martelada, nos dirigimos em direção um ao outro, ao aproximarmos estico meu punho esquerdo, para que toquemos as luvas, em sinal de cavalheirismo, ele aproveita e tenta me acertar com um cruzado de direita. Com 36 lutas profissionais, 20 delas contra argentinos, uruguaios, paraguaios, bolivianos, 16 lutas contra brasileiros, já tinha sido surpreendido outras vezes com essa falta de cordialidade, o adversário tentar me acertar no momento em que eu o cumprimento, não sou pego de surpresa, esquivo fazendo um pêndulo por baixo de seu punho direito, e golpeio em sua linha de cintura, esquerda e direita, novamente de direita em upper, em sua ponta de costela, e subindo com a mesma direita em cruzado explodindo em seu rosto, ele se joga em minha direção, me agarrando e um clinch, sendo maior e mais pesado,

apoia seu peso sobre mim, me empurrando, quer me cansar, fazendo com que carregue seu peso, tento me soltar, mas ele prende meus braços com os seus, ficamos assim por alguns instantes, até o arbitro intervir e nos separar, segui as instruções de meu treinador, porém o adversário passou a usar essa técnica, anti-luta, se aproxima e joga-se em minha direção, me agarrando e apoiando seu peso sobre mim. A luta persistiu pelos primeiros rounds dessa maneira, o público vaia o lutador uruguaio, mas ele parece não se importar, tinha sua estratégia de luta definida, não ser derrubado, e criar uma oportunidade para usar seu melhor golpe, muito usado por uruguaios e argentinos, o voleio, onde eles arremessam o punho destro, o girando igual a uma manivela, golpe conhecido e fácil de ser evitado, ele tentou sem sucesso aplicar seu voleio algumas vezes, eu me afastava e voltava golpeando, com sequência de jabs c dirctos, ć um lutador dc pouca técnica, mas aguerrido, valente, no quinto round eu já havia estragado sua estampa, seu olho direito já está quase fechado, pelos jabs sucessivos que aplico sobre ele, também um corte na maça do rosto, do lado esquerdo, de um cruzado de direita que dei ainda no terceiro round, termina o quinto round, me sento em meu córner, Jorginho tira o protetor bocal joga água em minha boca e um pouco sobre a cabeça, me enxuga enquanto passa as instruções:
– O olho direito dele tá fechado, continua golpeando em cima que vai abrir o supercílio e começar a sangrar, quando ele se atirar para te agarrar, de um passo para direita e golpeie em cima do corte que ele

tem na maçã do rosto, vai aumentar o sangramento, eles não vão conseguir estancar com vaselina, como havia te falado, é uma luta para ganhar no sexto round, vai lá e acaba com a luta nesse round.

Soa o gongo, os treinadores saem, eu sigo as instruções de Jorginho, consigo acertar mais um cruzado sobre o corte no rosto do adversário, que aumenta sangramento, mesmo o corte estando entupido de vaselina, o uruguaio é valente, vem pra cima, joga a cabeça à frente, é o sinal, vai tentar me acertar no voleio, me afasto para voltar socando, porém esqueço de levantar o pé, me enrosco na emenda da lona, quando estou caindo sinto o golpe, o punho acerta minha testa, caio desorientado, escuto o árbitro iniciar a contagem, tenho oito segundo para levantar os braços e mostrar condições de luta, depois mais dois segundos para ficar em pé, me sento na contagem de três, vejo meu técnico na beira do ringue fazendo sinal para que não tenha pressa, espere os oitos segundos para levantar os braços e me recupere durante a contagem, ouço:
– Siete, ocho – levanto os braços – nueve e diez.

O juiz termina a luta sem dar atenção aos meus braços levantados e eu já estar de pé, vou pra cima do juiz, meu adversário tenta me golpear enquanto tento falar com o arbitro, me esquivo e o ataco com uma sequência de golpes, sinto uma pancada na nuca, seu técnico me soca, antes que eu revide vejo Jorginho vir correndo e aplicar um direto no rosto do técnico uruguaio, que vai a lona desorientado, olho para os lados, tudo acontece simultaneamente, eu e Jorginho brigávamos no ringue, o público tentava invadir a quadra e brigava contra a policía que protegia a área, os seguranças subiram no ringue e tentam segurar eu e meu técnico, ao final, todos brigavam contra todos.

Tiveram que chamar reforços, o público foi empurrado a cacetetes para fora do ginásio, onde se juntaram a uma multidão que ouvia a luta pelo rádio, e o que era um evento esportivo, passou a ser uma manifestação da MLN Tupamaros, eu não fazia ideia do que fosse esse MLN, que aproveitava a oportunidade para fazer mais uma manifestação.

Dentro do ginásio, Jimenes Lança, tenta acalmar os ânimos, leva algumas pancadas, de ambos os lados, esse é problema dos que não ficam em nenhum dos lados, acaba ficando contra todos, após algum tempo de pancadaria, igual a todas as guerras, há apenas um final possível, o tratado de paz, e foi o que aconteceu, o promotor da luta, Jimenes Lança, depois de levar e dar alguns sopapos, conscguiu mediar um acordo, a luta seria dada como empate, assim nenhum dos pugilistas ficaria com mais uma derrota em seu cartel.

Meu cartel ficou com 37 lutas, 34 vitórias, 2 derrotas e um empate, Jorginho citou um pesamento filosófico, tão profundo, que eu nunca soube se era dele a autoria ou citou algum pensador.

– "Assim é a vida, as vezes se ganha, as vezes se perde, e as vezes, até se empata".

Capítulo Três.

Jimenes Lança nos leva de volta ao hotel, dirigindo pelas ruas da periferia, a Av., ainda está ocupada por manifestantes e a policía uruguaia tenta os dispersar. Seguimos pelas ruas periféricas até alcançar as margens do rio Guaraí, o promotor pega uma trilha enlamaçada a margem do rio, fazendo o velho Opala dançar e patinar no lamaçal, até chegarmos no início do pontilhão que une ambas as cidades, atravessamos a ponte, do lado brasileiro também havia muitas pessoas na Av., mas não reivindicavam nada, apenas comemoravam o tri campeonato mundial de futebol, o esporte tem esse poder, acalma os ânimos, ou os faz ficar alterados.

Tomo um banho, deito, Jorginho coloca gelo em minha testa, aonde o uruguaio acertou seu voleio, ficou roxo e formou um galo, ele deixa a bolsa com gelo sobre a contusão, toma um banho e se deita, eu fico segurando a bolsa de gelo sobre o galo em minha testa, olhando uma barata, que sai do roupeiro onde fica os cobertores – detesto baratas – resmungo, meu treinador ouve, responde – também não gosto, bichinhos nojentos, da próxima vez escolherei um hotel que não tenha baratas – fala bocejando, deve estar cansado, à noite mal começou e já tinha sido demasiadamente longa para ele, há muito que não entra em uma luta, se aposentou do pugilismo há mais de três décadas.

– da próxima vez – repito com meus botões, ele escuta, responde – é filho, em sua próxima luta, vou me certificar que consigamos um bom hotel, o adversário esteja em sua categoria, e é claro, que o ringue esteja de acordo com as regras, Jimenes Lança decepcionou-me – olho para Jorginho, é meu treinador e empresário desde que me tornei profissional, pergunto algo, que eu já sabia a resposta – acha que estou velho pro boxe? Trinta anos, não consegui nem mesmo o título Sul americano, duas derrotas no cartel e agora um empate, acho que as coisas não vão muito bem.

Ele olha para o teto, pensando no que falar, solta mais uma de suas pérolas filosóficas.
– A vida é assim mesmo filho, "As coisas só podem acontecer de uma única maneira, é a maneira como elas tem acontecer"[4] A gente faz a nossa parte, o resto não depende de nós.

Depois de recitar o ditado popular, vira de lado e dorme, quase que instantaneamente, fico só, na companhia de uma enorme barata cascuda, que parecia não preocupar-se em ser observada, entra e sai do roupeiro, querendo me provocar, sabendo que a detesto, me desafia, se afasta do roupeiro, se aproximando perigosamente da cama, Salto com o pé direito pisando aonde ela está; estava, é mais rápida que eu, corre de volta em direção ao roupeiro, dou um segundo Salto, dessa vez certeiro, a esmago sob meu pé.

A maioria das pessoas nem sente, mas barata esmagada tem um cheiro, diferente, difícil de defini-lo, parecido com o cheiro de casca de ferida, falei, difícil de definir, quem cheira casca de ferida? Eu,

---

4   Ditado popular

quando criança, cheirei, é o mesmo cheiro de barata esmagada, chuto os restos mortais do inseto para fora do quarto, vou ao banheiro, lavo o pé, volto para cama, essa movimentação toda me despertou, sento. Jorginho ronca na cama ao lado, olho no relógio, são 10:45 h., visto uma roupa e decido sair, ver as pessoas comemorando o título brasileiro pelas ruas.

Apenas os embriagados ainda estão na Av., as pessoas responsáveis, que trabalharão no dia seguinte, já se recolheram, eu gosto de embriagados, tanto quanto gosto de baratas, caminho pela Av., me esquivando dos embriagados, comemorando o sucesso pessoal de onze jogadores, que nem sequer conhecem pessoalmente, não gosto de futebol, na verdade não gosto de esportes coletivos, no boxe o atleta depende apenas e exclusivamente de si, nos esportes coletivos, um depende do outro, nunca gostei de depender de ninguém. Embora, santo Inácio fundou suas reducciones baseado na coletividade, comunitarismo. Mas são situações diferentes, questões políticas, de ajudar os mais necessitados, gosto de ajudar quem precise, não gosto é de ser ajudado. A bem da verdade, acredito que ninguém goste, se aceitam, ou é por educação, ou por não ter outra saída. Insetos, abelhas, formigas existem pela coletividade, não acredito que uma formiga comemore alguma conquista pessoal.

Chego a um ponto de taxi, olho mais adiante, consigo enxergar as luzes da praça do general Artigas, do lado oposto do rio, vou a um taxista, pergunto:
– Sabe se ainda tem algum bar aberto em Artigas?

– Até a pouco estava tendo manifestações do lado de lá, sabe como são os uruguaios, " Se ai govierno soy contra", se a polícia conseguiu dispersar os manifestantes, tem o Casarão, uma casa com música ao vivo, fica aberta à noite toda.

Responde o taxista, recitando um bordão em portunhol, muito usado para definir politicamente os uruguaios, subo no taxi, peço que me leve a esse bar, Casarão, estou sem sono, o quarto, as baratas, meus trinta anos, minha vida sem perspectiva além da carreira de pugilista, que se aproxima o fim, ou talvez essa luta, seu resultado, tenha selado seu fim, todo esse amalgama de sentimentos me deixam melancólico. O taxista dirige em direção ao pontilhão, me reconhece.

– Tu é o pugilista brasileiro que veio lutar contra o policial uruguaio?

Pergunta me olhando pelo retrovisor, respondo que sim, ele sorri animado, se apresenta;

– eu sou Amarildo Trindade, dos Trindade, ali de Santa Maria, conhece?

Balanço a cabeça respondendo que sim, já havia lutado contra um Trindade de Santa Maria, uma família de pugilista da cidade, lutam parecido com os uruguaios, francos atiradores, pouco técnicos, lutam para decidir a luta em um único golpe, ele continua:

– Ouvi sua luta pelo rádio, pelo que o narrador falou bateu bastante no uruguaio, mas não resolve, não adianta ficar acariciando a cara do adversário, tem de bater pra derrubar, se não acontece o que aconteceu, acaba perdendo a luta.

Fala demonstrando-se triste com o resultado, abro a boca para contestar, eu não havia perdido, a luta foi declarada empatada, porém, devido o entrevero que houve, ninguém deve ter ficado sabendo do acordo firmado entre as partes, para quem assistiu ou ouviu a luta pelo rádio, eu havia perdido a luta, preferi não falar nada, considero os pugilistas de Santa Maria péssimos lutadores, que não entendem o essencial do boxe, "O nocaute não é o fim, mas o resultado do boxe de melhor qualidade",[5] mais uma das epifanias do meu treinador, Jorginho, que por vezes se superava em suas citações.

Atravessamos a ponte, a Av., já está quase deserta, algumas viaturas da polícia ainda a patrulham em busca de manifestantes, passamos pela praça, algumas quadras acima o ginásio, ao lado o colégio, uma quadra acima do lado oposto da rua, o café, onde fiz o desejum pela manhã, após a pesagem, mais duas quadras à frente, na esquina com outra Av., um Casarão, com as frentes para ambas as avenidas, formando uma enorme varanda em forma de L, mais ao fundo, um palco, onde uma banda faz uma barulheira danada, os uruguaios gostam dos ritmos dos norte-americanos, jazz e rock in roll.

Entro, o local está cheio, procuro por uma mesa, não muito perto do palco, para evitar o som alto, encontro uma próxima a grade que cerca a varanda, separando a área do bar da calçada, sento, um garçom vem me atender, peço um martine, não

---

5   Ditado pugilístico.

gosto de bebidas amargas, igual à cerveja, nem das com muito teor de álcool, igual à vodka, tomo o drink, sem prestar muita atenção nas músicas, cantadas em inglês, querendo apenas passar o tempo, esperar amanhecer e voltar para Porto Alegre, decidir qual futuro dar a minha vida, ouço uma voz delicada e debochada:
– Mas que tal, o pugilista proletariado tomando martine em um bar de burgueses.
Estranhei além do timbre da voz o – mas que tal – geralmente é falado em portunhol – mas que tal – olho para quem fez a pilharia, à minha frente, ela, a branca de neve que vi pela manhã, à princípio não acredito em meus olhos, pisco para ter certeza de não sonhar, ou estar tendo outro Déjá vu, não estou, é ela, com um pouco mais de maquiagem, os lábios antes comportados, quase a Julie Andrews, agora mais explícitos que os de Ava Gardner, eu respondo o sarcasmo, com ironia.
– Não sabia que havia bares de proletariados e de burgueses.
Ele sorri, se debruça sobre a mesa, fala baixo em português, como se me contasse um segredo.
– Não há, alguns espertalhões criam essas divisões, com interesses puramente políticos.
Eu observo seus lábios, enquanto se movem, tentando decidir-me com quais lábios eles se pareciam, os de Julie Andrews, ou de Ava Gardner, após alguns instantes chego a conclusão, com nenhum outro, seus lábios eram singulares, por vezes, dependendo como se moviam, eram mais explícitos que filmes de adultos, eróticos, em outras,

pareciam tão comportados quanto os de uma freira, comportada. Desço mais meu olhar, não está usando cachecol, e o vestido ostenta um decote mais generoso do qual usava pela manhã, também a jaqueta, agora usa uma jeans, aberta na frente, ela percebe que olho em seu decote, se desinclina sobre a mesa, olha em direção a outra mesa, onde tem algumas pessoas, fala:
– Eu estou com alguns amigos, mas se me convidar, posso beber algo em sua companhia.
– Gostaria muito.
Respondo, torcendo para que ela ficasse um pouco mais, ela sorri, vai até a outra mesa, retorna segurando um copo, senta, levanta o copo o oferecendo em um brinde, eu aceito, ela faz o brinde:
– À noite mais longa do ano, que valha cada segundo que a vivemos.
Eu não compreendi o brinde, mas brindei assim mesmo, ela bebe um gole, faz expressão de quem bebe algo forte, pergunto o que ela está bebendo, ela me oferece um gole, eu bebo, me engasgo com a bebida, perco a respiração, não consigo levar ar aos pulmões, ela massageia meu peito, pede para que me acalme e respire pelo nariz:
– Se engasgar com vodka e terrível, já aconteceu comigo uma vez.
Fala agora sem esconder o riso a branca de neve, meus olhos lagrimejam, falo quando enfim consigo respirar:
– Vodka! – ela sorri – é, vodka – eu dou risadas da situação, comento:

– Eu preocupado com alguma maça envenenada que pudesse te enfeitiçar, e você bebe vodka.

Ela não entende, eu explico que a achei parecida com a branca de neve, dos contos de fadas, ela ri, quase gargalhando da situação, chama o garçom e pede outra vodka, eu, outro martine, ela faz expressão que não gostou do meu pedido, pergunto qual o problema do martine.

– Nenhum, apenas é uma bebida covarde, te embriaga enquanto de adoça a boca, a vodka é mais sincera, a cada gole ela te avisa, que enquanto te queima a garganta, te anestesia os sentidos.

É, sua explicação faz algum sentido, para quem pretende beber até ficar embriagado, não gosto de pessoas embriagadas, nem preciso que uma bebida me avise o tanto que devo beber, sei que três martines é o suficiente para me deixar mais alegre que o normal, logo é o sinal que é a hora de parar, ela me olha com seus olhos, quase asiáticos, me estudando, pesquisando, igual um cientista avalia uma na nova espécie.

– Jorge Camilo Vonghaft, é como está escrito nos cartazes da luta, é o seu nome?

– Me chamam de Camilo, em casa me chamavam de Jorginho, meu treinador é chamado de Jorginho, a mais tempo, decidimos que eu seria apenas Camilo.

– Prazer em te conhecer, Camilo proletariado.

Eu sorrio do sarcasmo da frase, embora essa história de proletariado achasse meio confusa, igual a todos, já ouvirá a expressão dúzias de vezes, sempre relacionada a cisão de classes sociais, meu pai, é devoto de Santo Inácio, um santo que pregava comunitarismo, mas não a cisão de classes, ela me observa enquanto eu penso no que falar, eu falo qualquer coisa, quebrando o silêncio perturbador:

– E você, como se chama?

– Terezza – Terezza Mendossa.

– Dos Mendossa de Montevidéu? É uma família importante, que faz tão longe da capital?

Não conhecia nenhum dos Mendossa, mas li algo sobre eles em um jornal, ou revista uruguaia.

– Tem muitos Mendossa no Uruguai, alguns importantes, outros nem tantos, mas sou sim, uma fidalga, filha de alguém, importante, vim trabalhar em Artigas, sou professora de história, na escola onde meu viu pela manhã, é isso que todos queremos, sermos independentes, caminharmos com nossas próprias pernas. Agora o jogo está desequilibrado, sabe mais de mim que eu de você, proletariado.

– Acho que não, você sabe que sou proletariado, e nem eu sabia ser, até você me avisar, pra falar a verdade nunca compreendi muito bem esse termo.

Terezza sorri gostoso da minha resposta, como se eu houvesse dito algo engraçado.

– Disse que me achou parecida a branca de neve, e tu, seria quem? É louro, tem olhos claros, poderia ser o príncipe, porém, tem muitas cicatrizes no rosto, e esse enorme galo roxo na testa, o faz parecer um unicórnio, também parece ser muito tímido, sério, parece ranzinza, é, acho que é a mistura do príncipe encantado com o anão Zangado da branca de neve, te chamarei de Zangado.

Fala entre risos, me olha um pouco mais e o sorriso aumenta de intensidade, se inclina sobre a mesa, novamente, exibindo seu decote, eu tento, mas não consigo resistir, desço meu olhar em direção aos seus seios, ela para de sorrir, fala séria:

– Tem de olhar em meus olhos, demonstrar sinceridade, quem sabe, se me convencer, que é sincero, eu permita que olhe para meus seios – olho em seus olhos, meio envergonhado, seus olhos, sérios, a princípio, zangados, vão se suavizando até parecerem sorrir.

– Ta bom, quer dizer que não compreende muito bem a expressão, é apenas uma palavra, criada para dar peso político a discursos populistas, proletariado é o peão, a face política da utopia marxista.

Balanço a cabeça, dando a entender que entendi algo, ela percebe que não, sorri, mas volta a ficar séria, pergunta:

– Nasceu em Porto Alegre?

– Não, em Tupanciretã, conhece?

– Não, Tupanciretã eu não conheço, embora tenha visitado algumas cidades missioneiras próximas. Mas conheço Montevidéu, Buenos Aires, Porto Alegre e em minha quase lua de mel conheci Paris. De Tupanciretã! Sei que fica na região das missões, o nome da cidade, traduzindo do tupi-guarani, seria; Tupã, Deus, Cy, mãe e Retan significa terra. Terra da Mãe de Deus.

Terezza balança a cabeça como se estivesse discordando de algo, fala em tom choroso:

– Por favor, só não me diga que é aficionado por músicas folclóricas.

– Gosto sim de músicas nativistas, prefiro ouvir os missioneiros; Noel Guarani, Cenair Maicá, Pepe Guerra, Alfredo Zitarroza, José Larralde, Atahualpa Ytahualpa, Jayme Caetano Braun, a essa barulheira em inglês.

Ela me olha de maneira estranha, desconfiada, pega meu copo com martine, afasta para o lado, chama o garçom e pede que traga outra vodka, coloca o copo de vodka à minha frente.

– Um folclorista bebendo martine, não faz sentido algum, na vida, algo tem de fazer sentido.

Me reprende apontando o copo de vodka, respondo:

– Sei, por gostar de músicas nativistas, devo beber cachaça de Santo Antônio da Patrulha, usar Pilcha e botas de Entre Rios na Argentina, andar de a cavalo com bastos uruguaios de Paysandu.

Ela sorri de maneira debochada e complementa.

– Não esqueça da boina espanhola, da separatista e revolucionária Catalunha, onde os Socialistas do ETA, aterrorizam os espanhóis, mas gaúchos folcloristas, têm fetiche em apoiar revolucionários, estar certo ou errado, é só um detalhe.

– Igual a que usava pela manhã?

Pergunto em deboche, sobre a boina, não dando atenção aparte política do comentário, de fato não o compreendi, se estava criticando os Catalães, por que usava uma boina fabricada por eles? Ela responde sem se importar com o deboche.

– Se quiser lhe empresto, ao menos para que tire o retrato.

Fica séria, me olha como se me visse pela primeira vez, fala de maneira meiga, quase nostálgica, me comparando com alguém. Depois muda a expressão e o tom de voz e prossegue.

– É, acho que faria mais sentido, eu conheço alguém igual você, também gosta de músicas e poemas folclóricos, se comporta igual aos gaúchos de antanho, por vezes, meio confuso nessa utopia louca, Comunista Cristã, inventada por vocês e seus poetas. Embriagados com água de carquejinha[6].

Fala a última frase, repuxando a pele do rosto e projetando o lábio inferior à frente, igual a um velho cacique dando conselhos, não consigo me conter, sorrio, impossível ser Zangado com seus comentários e expressões, pergunto.

– Foi com ele sua quase lua de mel em Paris.

– Está indo com muita sede ao pote gaúcho missioneiro, me fale mais de você.

Ela se esquiva, e segue me sondando, tentando descobrir mais sobre mim, e falar menos sobre ela, deixo que continue a reger o ritmo do joguete.

– Me falou que é um missioneiro. O que um gaúcho missioneiro, de Tupanciretã, foi fazer na capital?

– Lutar boxe, na região das missões, há alguns... – feudos – complementa a professora, vendo que não conhecia a palavra certa, eu continuo:

– É acho que essa é a palavra, algumas famílias de Santa Maria, outra de Cruz Alta, também em Uruguaiana, lutam e treinam boxe da maneira que aprenderam, se negam a evoluir, acham que suas

---

6   Carqueja, planta medicinal usada pelos índios sul- americanos, combate resfriado, problemas de digestão, gases entre outros.

técnicas são as melhores, apenas porque as praticam a muito tempo, eu via algumas lutas na TV, atletas de outros lugares, lutando diferente, igual a tudo nesse mundo, a técnica de boxe também pode ser melhorada. Em um campeonato, em Cruz alta, conheci o treinador Jorginho, um técnico que quando jovem lutou boxe até na América do Norte, ele me convidou para ir morar em Porto Alegre e treinar com ele. Agora minha vez, como disse que é um jogo, cada um tem direito a uma pergunta.

Ela sorri e concorda balançando a cabeça, eu uso minha vez de perguntar.

– Estamos conversando a algum tempo, e não ouvi nem uma frase sua em portunhol, fala português melhor que eu, que sou brasileiro, já morou no Brasil?

– Não, mas como disse conheço algumas cidades missioneiras, do lado brasileiro, uruguaio, argentino e paraguaio, sou professora de história, essas cidades fazem parte da história. Também já estive em Porto Alegre algumas vezes, fui uma vez ao Rio de Janeiro para estudar, acabei aprendendo a falar bem o português. Na verdade, português e espanhol é um único idioma, com sotaques diferentes, igual ao português falado pelos gaúchos e pelo cariocas, parecem idiomas distintos, devido ao sotaque. Quanto aos idiomas sou excessivamente conservadora. Veja, por volta do ano 300 dessa era, os romanos conviviam com algumas tribos as margens oeste do rio Reno, as tribos que conviviam ali com os romanos se consideravam livres, Francos, no idioma Latino, essas tribos eram compostas principalmente de germanos e gauleses, da mistura do Latin, Germano e Gaulês surgiu o dialeto que hoje é o francês, eu não gosto do francês, os homens ao falarem parecem afeminados e as mulheres fúteis. A mistura do Latin, com o dialeto dos Iberos e cartagineses, gerou o Espanhol e o português, no princípio uma mistura de palavras de ambos os idiomas, um dialeto muito ruim, porém, foram sendo refinados por grandes escritores poetas e músicos através dos milênios, criaram regras, normas e transformaram o espanhol e o português em dois dos idiomas mais bem estruturados do planeta. O portunhol, é algo tão ruim quanto eram o português e espanhol a dois mil anos, ou tão ruim quanto o francês é ainda hoje.

Sua resposta me revelou o que eu já sabia, é uma mulher culta a professora uruguaia, além de que parece não gostar de francês, e ser conservadora, ela percebe que não achei produtiva sua resposta, ao menos não nesse jogo, de conhecermos mais ao outro, que o outro a nós, percebo seu sorriso nos olhos, transparecendo levemente nos cantos dos lábios.

– Agora é minha vez, que mais fez em Porto Alegre, além de treinar boxe?

– Até conseguir minha primeira luta profissional – paro de falar aponto para um dos grandalhões com dois metros de altura e mais de cem quilos – fiz o mesmo que esses caras estão fazendo – ele olha os grandalhões.

– Você não se parece com leão de chácara, nem tem o tamanho para isso.

– Verdade, mas os donos de uns clubes, barra pesada, na grande Porto Alegre, Canoas, Novo Amburgo, São Leopoldo, treinavam pugilismo na academia do Jorginho, sabiam que eu precisava de dinheiro para pagar aluguel e tudo mais, me ofereciam o trabalho.

– Quer dizer que o pugilista proletariado já foi segurança de boate, sempre tive curiosidade, os seguranças de boate se dão bem? Com as garotas?

Olha para um dos seguranças, sério, atento, olhando para os lados, se não há nenhuma situação anormal no ambiente, conclui:

– Olham para todos desconfiados, esperando, torcendo para que alguém apronte alguma, para que eles possam jogar porta afora, algumas garotas gostam do tipo.

– Não sei como é aqui no Uruguai, em Porto Alegre, fiz segurança em umas boates, barra pesada, os caras deixavam as armas na portaria, e todos usavam armas, então, tínhamos de ter cuidado, se jogassemos alguém para fora, era bom ficar atento. Quanto as garotas, eu conheci uma garota, em uma dessas boates, e morei com ela por dois anos.

– Morou junto? Quer dizer casou?

– Não chegamos a casar, ela morava com uma irmã mais nova, a mãe dela havia morrido alguns meses antes deu a conhecer, o pai já morava com outra mulher, ela estava carente, um pouco assustada, foi a boate pensando em esquecer um pouco os problemas, lá, um desses que acham que não podem ser rejeitados por uma mulher, quis dançar com ela,

ela disse não, o cara tentou agredi-la, eu estava próximo, coloquei o cara pra fora.

Terezza não se contêm:

– Um cavalheiro, espero que não tenha se aproveitado da situação.

Eu prossigo, temendo que ela achasse que me aproveitei da situação.

– Levei ela em casa. Ela não combinava com aquele local, era muito delicada, parecia uma boneca de porcelana, à primeira vez que nos beijamos eu a abracei, fiquei com medo de quebrar algo, tão frágil que ela parecia ser.

Paro de falar. Percebo que Terezza me olha séria, quase uma acusação, de ter-me aproveitado da situação, mesmo assim levanta o copo com a vodka.

– Um brinde a sua frágil, Como é o nome dela?

– Carla, mas ela não era frágil, estava fragilizada pela situação em que vivia, era jovem, tinha a mesma idade que eu na época, vinte e dois anos, morava só, tinha de cuidar da irmã mais nova, era uma mulher forte, trabalhava, cuidava do sustento da casa, da educação da irmã.

– Parece que gostava dela. O que houve?

Fico sem saber como responder, Terezza percebe, comenta:

– Aprontou alguma. Não foi?

Penso por instantes, acho que respondi várias perguntas de uma única vez, estava sendo trapaceado pela branca de neve, protesto:

– Acho que é a minha vez de perguntar – ela movimenta a cabeça em negativa.

– Não se pode deixar uma resposta pela metade, se começou a contar a história, tem de concluí-la, se não houver uma conclusão, todo o argumento pode ser considerado uma falácia.

– Tá bom, vou seguir suas regras, porque não as especificamos no início.

Comento contrariado e prossigo até chegar a conclusão.

– Nessa época, além dos trabalhos de leão de chacra em boates, dava aulas de boxe em algumas academias, em uma dessas academias, eu tinha um aluno de nove anos, Marcelo, eu e o menino ficamos amigos, ele me admirava, não perdia minhas lutas. A mãe dele era professora de jazz na mesma academia, localizada no sul de Porto Alegre, minhas aulas terminavam por volta das 20:00 h, eu morava em Canoas, pegava um ônibus até o centro de Porto Alegre e depois outro até Canoas. Um dia Marcelo me viu na parada e pediu para que e mãe dele me levasse até o centro, embora eles morassem ali mesmo na zona sul, depois desse dia ela me deu carona outras vezes, seu filho sempre estava junto. Um dia o menino não foi treinar, depois da aula estava na parada, ela parou o carro e falou para que eu entrasse, entrei, pergunte pelo filho dela, respondeu que estava meio resfriado, preferiu que ele não viesse treinar naquele dia, conversamos durante o caminho, mais que o habitual, ela falou o quanto seu filho gostava de mim, e quando minhas lutas não eram muito longe, ela era obrigada a levá-lo para assistir, e em casa falava em mim o tempo todo, eu era seu modelo. Falei que também gostava muito do filho dela. E era verdade, o menino era muito inteligente, aprendia rápido, conversávamos como se fossemos parentes, ou até pai e filho, ela me disse que Marcelo admirava a mim mais que ao pai, eu fiquei emocionado, sem saber o que responder. Paramos próximo a parada onde eu pegava o ônibus, ficamos um tempo ali parados, calados, então nos beijamos, e fomos a um motel, depois disso passamos a frequentar motéis com frequência. Algumas vezes até na casa dela, namoramos. Até na cama dela e do marido. Um desses dias, quando namorávamos em sua cama, alguém bateu à porta do apartamento, que ficava no nono andar, ela ficou tensa, disse que devia ser o marido, me colocou na varanda, era inverno, estava um frio de rachar os lábios e fiquei apenas de cueca na varanda.

Terezza não consegue se segurar, sorri me olhando em desaprovação, eu continuo.

– Marcelo descobriu o romance entre eu e sua mãe, não quis mais treinar comigo, nem assistir minhas lutas. Quando Carla ficou sabendo, descobri que ela não era frágil, disse que não confiava mais em mim, não poderia ficar com alguém que ela não confiava. A professora de Jazz, me disse adeus pelo telefone, escolheu permanecer com o marido.

Paro de falar olho para a professora de história, com certeza havia perdido nosso joguete, entreguei tudo de uma única vez, Terezza faz expressão de quem ficou triste com a história, comenta:

– Homens, temos que cuidar para que não prejudiquem a si próprios com as burradas que fazem, jogou fora uma relação estável, com a mulher que o amava, por uma aventura. Fez uma grande estupidez Zangado, dou um desconto, com vinte dois anos ainda era um garoto.

– É verdade, além de perder uma mulher maravilhosa, trai a confiança de uma criança que realmente gostava de mim, isso me deixou muito triste, tive vontade de procurar o Marcelo, tentar me explicar, mas nunca tive coragem.

– Ao menos sente remorso, dizem que psicopatas não sentem remorso.

– Bem, então já tem uma conclusão, não sou um psicopata, logo minha história não é uma falácia, agora me conte a sua história.

– Não é assim que funciona o jogo, não pode pedir que eu conte minha história, tampouco fazer perguntas invasivas, tem de sondar-me, fazer com que fale coisas com as quais possa tirar suas conclusões.

Me reprende a uruguaia, que sondou-me da maneira correta, segundo suas próprias regras, mas eu havia aceitado os termos da disputa, resolvi prosseguir o joguete, esperando não ser nocauteado, a segunda vez no mesmo dia.

– Tudo bem, me fale de sua quase lua de mel em Paris, foi com o nativista aficionado por músicas folclóricas?

– Essa pergunta é invasiva, não pode perguntar algo de minha vida pessoal de forma tão direta.

Novamente recorre as suas regras para fugir de responder-me, penso em uma maneira de reformular a pergunta, de maneira não invasiva,

porém ela diz que não posso reformular a pergunta, o joguete é uma pergunta para cada, se desperdicei minha pergunta, é a vez dela, mais uma regra criada por ela, parece ser boa em criar regras, fala:
– Te ouvi na rádio, hoje cedo, recitando um poema de um compositor, um ativista político, por que citou Ernesto Cardenal?
Não fazia ideia de quem fosse Ernesto Cardenal, demonstrei isso pela careta que fiz, ela expressa esperar uma resposta, respondo:
– Pensei que o compositor do poema fosse uruguaio, acho que ouvi o poema em uma rádio local, ou, não sei se acredita nisso, eu não acredito, mas sonhei com as coisas que aconteceriam hoje, acho até que com o poema. Quanto a política, só loucos dão atenção a ideologias políticas de poetas. Poetas escrevem sobre coisas que emocionam as pessoas, e política não emociona ninguém.
Ela sorri, quase gargalhando, de maneira debochada, responde o que pensa sobre meu sonho.
– Sou devota de são Thomas, só acredito no que vejo, mas tenho de concordar, existem coisas inexplicáveis no mundo. Quanto ao compositor, não é uruguaio, é nicaraguense, mais um desses loucos que defendem essa utopia maluca de um mundo de igualdade, acreditam que o problema do mundo é a fome. O problema do mundo é a utopia transformada em política. Acho que as utopias; católica, judaica, muçulmana, não fazem muito sentido. A dos muçulmanos é ainda pior, lá tem rios de iogurte e mel, isso já é um inferno para intolerantes a lactose e

diabéticos, ainda inventam de premiar quem morre defendendo, Alá com quarenta virgens.

Para de falar, olha para mim com ar de deboche, prossegue:

– O que querem com quarenta virgens? E para as mulheres que morrem defendendo Alá, também tem quarenta virgens como recompensa? Qual mulher em sã consciência vai querer quarenta garotos inexperientes lhe perturbando a vida, ou melhor, a morte, isso sim é o inferno.

Faz uma careta, brava, que deixa seus lábios, vermelho carmim, ainda mais erótico, levanta o copo para beber um gole de vodka e incentivando que eu a acompanhe, eu bebo, com cuidado para não me engasgar novamente, é uma sensação horrível engasgar-se com vodka, bebo um gole que desce queimando a garganta e parece subir direto à cabeça, comento esperando que ela falasse sobre si:

– O que o poeta, do poema que recitei, tem a ver com isso tudo?

– O poeta! pois é, ele também tem uma utopia, tão ruim quanto todas as outras, a diferença é que as demais utopias, quem as defende sabe o quanto seriam ruins se transformadas em realidade, por isso, são alcançadas apenas após a morte. Já o poeta e essa turma de várias correntes de esquerda, acreditam que sua utopia pode ser implementada ainda em vida. Nenhuma utopia transformada em realidade é saudável, somos humanos. Ao contrário do que esses imbecis socialistas pensam, as pessoas não se preocupam com comida, as pessoas querem viver, comida, é apenas uma necessidade fisiológica, igual sexo, ir ao banheiro, fazer xixi, cocô, satisfeitas a necessidade, ela não tem mais importância alguma, a não ser para quem se beneficia dessas necessidades fisiológicas que as pessoas têm.

– Quando as pessoas sentem fome professora, não pensam em filosofia, querem alimento.

Terezza gargalha debochando de minha resposta, responde:

– Quando se quer cagar, também, só pensamos em ir ao banheiro, isso não quer dizer que cagar seja a coisa mais importante do mundo. É apenas uma necessidade básica, assim como o alimento. O problema é que temos pressa em tudo, talvez por vivermos tão pouco. Caso contrário saberíamos que as coisas evoluem naturalmente, talvez daqui a quinhentos anos estejamos vivendo em uma utopia monótona, não porque alguns imbecis pegaram em armas querendo tomar o poder, mas porque essa é a evolução natural da humanidade, não há outro caminho.

Contesto a retórica da professora:

– As pessoas morrem se não alimentarem-se, não podem esperar quinhentos anos.

Ela me olha de maneira irônica, responde em meio a risos:

– Se morre de inanição assim como se morre de constipação, se não fizer cocô, vai ter infecção e morrer. Por isso essa porcaria socialista não deu certo em lugar algum, querem ditar para a humanidade leis que não existem na ordem natural. Porque as pessoas não querem serem vistas iguais a gado, que preocupam-se apenas com alimento, somos humanos, queremos viver, fazer amor, viajar, sermos considerados especiais. Veja seu caso. Está triste, mesmo estando de barriga cheia, pois queria ser campeão mundial, sabe que não é mais possível, porém, se por piedade, arrumassem uma luta contra o campeão mundial, e ele por caridade, deixasse que ganhasse a luta. Qual valor teria esse título? Você se consideraria o campeão?

Faço uma careta, mostrando-me ofendido com a insinuação, respondo ainda mais zangado do que ela me considera.

– Não preciso de caridades, se lutasse contra o campeão mundial, aceitaria o título apenas se o derrotasse em uma luta justa.

– Viu, não existe meia verdade, meia realidade, as coisas são como são, o sucesso depende de muitos fatores, competência, sorte, trabalho duro, persistência, não se pode dar isso as pessoas pela utopia. Nem as pessoas o querem, esse pessoal, militantes, intelectuais, que formularam essas tolices, nunca foram o que eles chamam de proletariado, querem empurrar goela abaixo, junto com comida, todo esse lixo utópico, que as pessoas de fato não querem, ninguém com dignidade quer receber ou ganhar algo que não tenho merecido por esforço próprio. Se dizem defensores dos oprimidos, sem que os oprimidos os tenham nomeado para tal, querem apenas lucrar, financeiramente, politicamente, intelectualmente em cima dessas pessoas. Que igual quem está apertado para ir ao banheiro, cagar é a coisa mais importante do mundo, nenhum deles está realmente preocupado com sua vontade de cagar, querem seu voto para poder liberar a entrada do banheiro.

Responde a professora de história, que eu pensava ser a branca de neve, mas não é doce igual a personagem de contos de fadas, e em seus comentários, ácidos, prefere criticar meus poetas folcloristas.

Pergunto– é minha vez de perguntar? – ela me olha, vira as palmas das mãos para cima, dando a entender que também não sabe de quem é a vez, eu prossigo.

– Quer dizer que mesmo sendo católica não acredita em utopia alguma?

– Não foi o que eu disse, falei que as utopias tornam-se pesadelos se transformadas em realidade. Porém, são necessárias, ajudam as pessoas a conviverem em sociedade, faz com que confiem umas nas outras, que tornem-se melhores, pelo medo, pelo exemplo, e até pela vontade de após a morte ir para o paraíso. Também nos conforta em nosso eterno dilema. Quem somos, de onde viemos e para onde iremos? Não há como viver nesse mundo sem vislumbrar algum tipo de utopia.

Olho de lado, passo os dedos sobre o galo roxo em minha testa, que repentinamente começou a coçar, discordo.

– É meio confuso o que diz, não gosta de utopias, fala que os que as usam para promover igualdades são aproveitadores, mas diz ser certo quando usada para que as pessoas se sintam melhores.

– Todos temos de ter uma utopia, algo que nos faça querer sermos melhores que somos, caso contrário voltaríamos a viver como animais. Não digo que é certo ou errado, mas se as pessoas se sentem bem acreditando que comportando-se irão para o céu, não vejo problema algum. A minha utopia, é que todos fossemos ricos, pudéssemos viver, não apenas comer igual querem os socialistas, todos pudessem de fato prosperar, enriquecer pelo livre comércio, sem que o Estado interfira em nossas vidas.

Falo debochando da professora:

– Gostei desta utopia, todo mundo rico, como se faz para implantá-la?

Ela faz uma careta esquisita, gesticula, igual político fazendo comício, então faz um gesto típico de gangster, atirando de metralhadora, identifico o personagem, que frequenta muito as páginas dos jornais, José Mujica, um guerrilheiro da ala mais radical dos Tupamaros. Se desfaz do personagem e fala debochando:

– Utopia é tudo a mesma merda, podemos fazer igual a esse Pepe, sair por ai atirando, querendo impor uma utopia, que só é bela enquanto utopia, pois se virar realidade, torna-se insuportável.

Eu discordo – O que há de insuportável em ser rico professora?

Terezza olha no fundo dos meus olhos, tentando enxergar minha alma, pergunta:

– O que é ser rico?

Penso por instantes, a resposta parecia ser óbvia, mas ao transformá-la em palavras, não sei ao certo quais palavras usar, respondo:

– Ter dinheiro, terras, carros.

– O quanto de dinheiro o faria se sentir rico?

Pergunta Terezza, como vou saber o quanto de dinheiro faz um homem rico, penso por instante, respondo:
– O suficiente para viver bem.
A uruguaia sorri alto, responde:
– Isso é outra utopia Camilo, não existe dinheiro algum que o torne rico, burguês, é uma invenção de políticos socialistas, dinheiro, propriedades, são coisas voláteis, se não forem devidamente administradas elas evaporam. Ser rico é uma utopia comunista, que por si é uma distopia para os socialistas. Pois segundo o intelectual que formulou a utopia, feita a revolução socialista dissolve-se o Estado, ou seja, não se tem mais um governo, as pessoas passam a negociar livremente umas com as outras, isso pugilista Zangado, é o paraíso de todo capitalista, vê que loucura. Conclusão, para validar meu argumento; toda a utopia é uma distopia. Defendida por politiqueiros de plantão tentando levar vantagem.
Penso por instantes, em todo esse embrólio utópico, em algo ela tem razão, não existem respostas simples para questões complexas, mesmo assim sinto-me lesado, suprimido de meu direito de ser livremente trapaceado pelo doce paladar do martine, olho o copo com a bebida, doce e trapaceira, a professora de história percebe, sorri alto debochando de meu gosto pelo doce do martine, fala, com gentileza:
– Tudo bem, não serei autoritária, pode beber seu martine doce e trapaceiro.

Olho novamente em direção ao martine, contenho minha vontade de adoçar o paladar, respondo:

– Obrigado, mas já me habituei a sinceridade da vodka.

Pego o copo à minha frente, levanto em brinde e bebo um gole, que desce, me queimando a goela e cozinhando o intestino, mas tenho de fazer algum sentido, ao menos para essa mulher de sua assustadora beleza e ácida personalidade.

Capítulo Quatro.

Os discípulos da branca de neve uruguaia.

Terezza contorce os lábios, dando a impressão de que não tem uma opinião formada sobre o sonho que tive à noite passada, que em flash, me revela o que acontece, inútil, pois se quando vejo esses flashs, o fato já estava acontecendo, não havia como alterá-lo. Ela me fala sobre Gnose, que não tem nada ver com sonhos, mas com autoconhecimento.

– A ideia de Gnose vem dos gregos, e uma definição um pouco complexa de religião, que se fundiu a religião cristã no início do cristianismo. Algo como; o único caminho para se chegar a Deus, é através do autoconhecimento. Thomas, ou São Tomé, como chamam os brasileiros, o apóstolo que só acreditava no que podia ser tocado, descreve em um pergaminho, apócrifo, o dia a dia de Cristo, como sendo um homem comum, e, segundo são Thomas, gnóstico, pregando iguais aos gregos, o autoconhecimento como o único caminho para chegar a Deus. Claro que essa ideia de Cristo gnóstico foi usado por várias seitas, políticos, filósofos e intelectuais para formularem suas utopias malucas. Tirando os aproveitares, essa história de gnosticismo é interessante, Cristo sendo ou não Gnóstico, concordo que conhecendo-nos melhorar, podemos melhorar como ser humano e aproximarmo-nos de Deus. Quanto ao seu sonho, talvez tenha a ver com isso, precise se autoconhecer, passou a vida se dedicando exclusivamente a uma atividade, o boxe, seu subconsciente, alma ou no que acredite, quer mais, o cérebro humano é uma máquina magnífica, que por vezes é subutilizada, talvez seu cérebro queira ser utilizado plenamente, se desenvolver, conhecer coisas novas.

Escuto a teoria da professora, concordo, condicionei meu cérebro a pensar em uma única coisa, levei ao pé da letra um ditado de pugilistas, "Para ser campeão, tem ser excepcional. Para ser um pugilista excepcional; se toma café, almoça e janta boxe". Acho que fiz isso nos últimos dez anos de minha vida, dediquei-me exclusivamente ao boxe. Consegui chegar aos pés de alguns campeões, até ganhei de um, que depois se tornou campeão mundial. Mas não cheguei aonde minha dedicação deveria me levar. A branca de neve, que namorou um folclorista, igual a mim, também me considero nativista, me observa, tentando adivinhar o que estou pensando, apresenta uma nova teoria, ou a mesma teoria com outros fatos.

– Hoje é um dia especial, é o solstício de inverno, tivemos o dia mais curto do ano, por isso, essa será à noite mais longa do ano, muitas civilizações chegarão ao seu apogeu e ruíram devido a essas datas. Aqui nas Américas, Os Astecas, Maias, Muchicas, Incas, na Europa, os Etruscos, Gregos e Sumérios, também preveram seu apogeu e ruína pelos solstícios e equinócios. Quem sabe hoje não seja o dia do início de uma grande mudança em sua vida, o início de um novo tempo que o leve ao apogeu de sua existência.

Lembrei de Jorginho reclamando que estava anoitecendo mais cedo que de costume, incrível como passamos uma vida inteira e não nos damos conta que existe um dia mais curto no ano, o solstício de inverno, e outro que o dia é mais comprido, no equinócio de verão. Além de viver uma noite mágica, gnóstica, será à noite mais longa do ano, Olhei para Terezza, a admirando, agora não por sua beleza, estava embriagado pela sua cultura, opiniões, sua maneira de ver e se portar perante as dificuldades do mundo, que todos têm, burgueses ou proletariados.

Um movimento me chama a atenção na entrada do bar, um grupo se desentende com o segurança que controla a entrada, reconheço o que parece comandar os demais, esteve em meu sonho da noite passada, um moreno de cabelo crespo, um pouco mais alto que eu, usa bigode bem aparado, dando a impressão de ter mais idade, mesmo com bigode, sua aparência é de pouco mais de vinte anos, Terezza percebe meu olhar em direção à entrada, olha na mesma direção, fala ironizando.

– Se me falar que o jovem moreno estava em seu sonho, e que ele vai vir até aqui, então Zangado, serei obrigada a começar a acreditar em premonições.

Olho para ela, confirmando com um balançar de cabeça o que ela falou, no momento em que o moreno olha em nossa direção, sorri, deixa os demais se entendo com o segurança e caminha em nossa direção, para ao lado de Terezza:

– Si no es la maestra Terezza, la mujer más independiente de Artigas, quizás de Uruguay.[7]

---

7   Se não é a professora Terezza, a mulher mais independente de Artigas, quiça do Uruguai.

Terezza abre os olhos e repuxa os cantos da boca, mostrando-se espantada com minha premonição, olha o jovem, fala sorrindo, como se falasse com um velho amigo.

– Juan Savreda, gracias por considerarme la mujer más independiente de Uruguay, hago todo lo posible e imposible para ganar el título.[8]

O moreno sorri debochando da resposta, olha em minha direção, balança a cabeça em cumprimento.

– Cuidado mi hermano, a ella le gusta divertirse con el proletariado, después de usarlo, nos escupe, como si estuviéramos masticando chicle que perdió el dulce.[9]

Lança um olhar rancoroso em direção de Terezza, e se afasta, em direção a mesa aonde os demais rapazes haviam sentado, a professora sorri sem graça, me olha envergonhada, comenta desolada:

– Garotos! E Maoma quer nos dar quarenta deles se morrermos em seu nome, que inferno quer transformar o pós morte das mulheres.

Sorrio alto da pronúncia espanhola do Maoma, ela me acompanha, no início tímida, depois sorri sem preocupar-se com nada, afinal é a mulher mais independente do Uruguai. Paramos de sorrir,

---

8   Juan Savreda, obrigado por considerar-me a mulher mais independente do Uruguai, faço o possível, e o impossível para merecer o título.

9   Cuidado meu irmão, ela gosta de divertir-se com os proletariados, depois que nôs usa, nos cuspe, como se fossemos chiclete que perdeu o doce.

fica por instantes de cabeça baixa olhando seu copo com vodka, depois olha em minha direção:

– Ta bom, é sua vez de perguntar.

Sorrio a olhando nos olhos, ela entende a pergunta, pensa um pouco:

– Sabe que pelas regras não precisaria te responder essa pergunta, é demasiadamente invasiva. Mas devido as circunstancias, abrirei uma exceção. Conheci Juan a cerca de um ano, em uma palestra sobre povos Americanos Pré-colombianos, eu era a oradora, ele um formando em história, cheio de sentimentos e paixões revolucionárias, debatemos algumas vezes, sobre politica, ele tem um discurso forte, persuasivo, dos que acreditam nessa tolice utópica. Eu gosto da discussão, acho saudável, até mesmo com militantes mais aguerridos da esquerda, iguais a Juan. Ele acredita que os opostos se atraem, e fomos atraídos por sermos o oposto um do outro. Devia ter dito no princípio para ele, que eu não sou o oposto de ninguém, discuto, concordo e discordo, tanto de militantes da esquerda quanto dos da direita. Mas igual à tua frágil e carente Carla, eu também estava carente e fragilizada, acabei me envolvendo com ele. Quando me dei conta, vi que não tínhamos nada em comum, e os opostos nunca se atraem. A história é essa, não tem nenhum grande drama, como o garoto tenta parecer ter tido.

Balanço a cabeça dando a entender que compreendi, e, tento me aproveitar de seu momento de fraqueza.

– E por qual motivo estava fragilizada?

Ela me olha, parece zangada, chega mais próxima da mesa.

– É um golpe baixo Zangado, até para um pugilista, conhece as regras, mesmo assim tenta me pegar em um momento de fragilidade.

Concordo, balançando a cabeça, tentei me aproveitar de um momento de descuido, e a golpeei abaixo da linha da cintura, observo ela passar o dedo indicador na borda de seu copo de vodka, procuro uma palavra para quebrar o clima tenso criado, lembro de um poema gaúcho, de um poeta comunista, mas de alguns versos sem bandeira:

– Yo camino por el mundo.
Soy pobre. no tengo nada.
Sólo un corazón templado,
Y una pasión: ...

Junté puñados de arena
En mis manos bien cerradas.
Con el amor pasó igual:
Abrí las manos y ... ¡nada!

Para rezar en la noche...[10]

– Por favor, para, se parece demasiado a alguien, me pongo triste.

Pede Terezza, falando em espanhol, eu paro de declamar os versos, de um antigo poema de um payador argentino, acho que não surgiu o efeito desejado, pareço ter piorado a situação, ela faz uma

---

10 Atahualpa Yupanquí. Para rezar em La Noche.

carranca, enrugando a face, seguida de gestos com as mãos e um gingado no corpo, iguais aos antigos payês tupi-guarani, afastando maus espíritos, abre novamente um sorriso.

– Essa é a noite mais longa do ano, e mágica, segundo seu sonho, não é justo que eu a deixe triste por causa de um garoto tolo, ou antigas lembranças mal resolvidas.

Concordo, sorrindo da carranca e gestos que fez, uma branca de neve, realizando rituais pagãos, ele fica curiosa com meu sorriso sem motivo, pergunta o que é engraçado, respondo ainda sorrindo:

– Nem no poema, O Gaúcho Martin Fierro, o poeta José Hernández, conseguiria imaginar uma branca de neve com trejeitos tão perfeitos de um payê tupi-guarani.

Ela me acompanha em risadas despreocupadas, se recompõe.

– Foste buscar longe tua comparação, pelo visto me enganei, se dedicou a algo mais que ao boxe, leu um poema de 1872, considerado uma obra prima da literatura argentina.

– Minha mãe é professora primária em Tupanciretã, meu pai é domador, posteiro, ganha a vida domando potros e fazendo cercas em fazendas que o contratam, aprendeu a ler com minha mãe, que também o ensinou a gostar de ler livros, ele se interessa mais pelos de poemas gaúchos. Quando criança ajudei meu pai na lida, entre uma doma e uma cerca levantada, ele me fazia ler algum livro.

Terezza me olha com ternura, desvia o olhar, parece ter ficado emocionada com a história, comenta:

– Todos temos uma história, nôs enganamos ao julgar alguém apenas pelo que vemos, eu devia saber disso, sou professora, convivo com muitas pessoas, mesmo assim nôs deixamos enganar pela vaidade do conhecimento que pensamos ter.

Sinto-me elogiado com sua frase, imagino que se refira a mim, acreditava ser eu apenas um bronco, com ensino fundamental incompleto, mas admite que talvez tenha se enganado, isso porém me traz mais responsabilidade, não posso decepcioná-la, me ocorre de pronto, tenho de parecer mais culto. Antes que descubra como um pugilista culto deva comportar-se, outro Flash do sonho passa igual a um filme frente as minhas retinas, olho para Terezza, que observa um Dodge, rabo de peixe, de cor vermelho e branco, estacionar próximo ao meio fio, pouco à frente de onde estamos, desvia o olhar em minha direção, quando percebe que também olho o carro, pergunta sorrindo:

– Quem vai descer do carro?

– Meu adversário na luta, o Sargento Metralheta Gonsales – respondo vendo o flash do sonho.

Faz expressão demonstrando estar impressionada, chama o garçom, pede que feche a conta, fala pegando suas coisas:

– Para mim o local está movimentado demais, vou procurar outro local. Me faz companhia?

Me levanto e a sigo, com medo que se arrependa de ter convidado, saímos da área que beira ao meio fio, seu carro está estacionado alguns metros à frente de onde o Dodge rabo de peixe, do sargento Metralheta Gonsales estacionou, ela pega as chaves de um fusca, de cor azul céu, faz uma expressão pomposa, iguais aos gaúchos missioneiros, declamando poemas, entona um grave na voz e fala parecendo declamar um poema:

– Montei meu zaino, douradilho, ruano, gateado, malacara, patas blancas, ovelheiro e é um capincho, dei de mão na querendona, chinoca, prenda, gueixa e potranca, enforquilhei a malvada nas garras e sai a trote para meu rancho, que é um palacete, um castelo uma fortaleza, onde em cima dos pelegos me enroscarei com a flor sem me importar com os espinhos.

A imitação de um payador declamando um mix de poemas, misturando pelagens de cavalos, sinônimos usados para designar mulher e a moradio do gaúcho, é muito engraçada, não consigo me controlar, vou as gargalhadas, ela conclui, falando normal.

– Para que as coisas continuem fazendo sentido, um folclorista, é quem carrega a prenda na garupa de seu cavalo, deixarei que dirija para que faça jus aos poemas folcloristas.

Joga as chaves do carro, eu as pego, não consigo parar de rir da imitação de payador, ela aguarda me olhando com ironia, olha em direção ao Dodge, olho na mesma direção, vemos o sargento Metralheta Gonsales, com o rosto meio amassado, o olho esquerdo inchado, um corte na maça do rosto do lado direito, vestido a rigor, em trajes de festa de gaúcho de antanho, folclórico, segundo a professora, na cabeça usa uma boina negra, oriunda da Catalunha, embora houvesse muitas falsificadas, fabricadas no Brasil e Uruguai, a Catalã tem um corte diferenciado, os lados não desabam, nem são tão duros iguais a um capacete, iguais as falsificadas, uma camisa vermelha escura, quase roxa, abaixo de uma jaqueta de couro, marrom escuro, no pescoço o lenço colorado, mais que enfeite e proteção contra o frio, definição política, maragato, os aristocratas de antanho, na atualidade seria uma espécie de União Democrática Nacional (UDN), ou partido Nacional Uruguaio, Partido Blanco. Embora na atualidade os partidos de esquerda também tenham adotado a bandeira vermelha, com a foice e o martelo. Ele usa uma calça justa, com vincos nas laterais e botões a prendendo nos tornozelos, ao estilo das bombachas uruguaias, deixando amostra os pés, dentro de meias brancas enfiados em uma sapatilha de couro de capincho, ao seu lado, de braços dados, uma jovem, não mais de vinte anos, cabelos negros, pele branca, usando vestido e casaco de lã, eles olham para Terezza, ela desvia o olhar me perguntando o que estamos esperando, abro a porta do carro, vejo outro flash do sonho, olho para trás, em dejá vu, quase simultâneo a realidade, vejo Juan correndo em nossa direção, antes que consiga evitar, ele a puxa pelo braço, no reflexo acompanho o movimento, golpeando, com um direto de direita em seu peito, que o faz recuar, largando Terezza, seus amigos correm para ajudá-lo, coloco-me à frente de Terezza e me posiciono para a briga, ouço alguém gritando com autoridade.

– ¿Lo que está sucediendo aquí?

Juan e seus colegas olham em direção de quem gritou, o sargento Gonsales se aproxima, olha nos olhos de Terezza, que o encara por alguns instantes, ele desvia o olhar, se coloca entre eu e os amigos de Juan, que reclama:

– Este extranjero me asaltó.

– Apenas defendi Terezza que estava sendo agredida – repondo.

– La estoy protegiendo, no sé cuáles son sus intenciones – ele rebate.

Terezza sai detrás de mim e responde zangada:

– No necesito ni pido tu protección, cuida tu vida, la mía cuido yo.

Juan grita furioso:

– No hay vergüenza es una perr...

É interrompido por um urro ainda mais bravo:

– Tenga cuidado con lo que dice, ya no se puede tragar una palabra de saliva.[11]

O moreno nos olha, demonstrando ira, procura palavras, menos ofensiva a Terezza, não querendo ofender, o sargento, que parece zelar pela honra da professora, dirige a mim sua ofensas:

– Dejaremos que este vagabundo desconocido lleve a Terezza a donde quiera, haga lo que quiera en este país.

---

11 Cuida o que vai falar, uma palavra cuspida, não pode mais ser engolida.

O sargento expressa um meio sorriso, balançando a cabeça, procura a melhores palavras.

– Terezza no le pertenece, va a donde quiere, el extranjero no ha cometido ningún delito, tiene derecho a ir y venir.

– Y los derechos de los uruguayos, estamos siendo humillados por el brasileño – reclama Juan, Metralheta Gonsales rebate:

– Escúchame negro, siéntete humillado por muy poco. Uruguay siempre ha respetado los derechos de todos. En 1893, cuando el brasileño uruguayo Gomercindo Saraiva cruzó la frontera para luchar contra los ejércitos socialistas de Flores da Cunha. Perdió la guerra, pero puede regresar a Uruguay con cientos de federalistas maragatos. Hace seis años, cuando los socialistas de Jango y Brizola perdieron ante el actual ejército brasileño de derecha, también fueron aceptados en Uruguay. No eres tú quien restringirá la libertad en Uruguay.[12]

– Libertad para otros, y para nosotros los uruguayos, hace poco tiempo su policía nos oprimió.

Reclama Juan Savreda, que há poucas horas fazia manifestações nas ruas de Artigas. Gonsales levanta as palmas das mãos para cima, aponta para

---

12 Escuta-me negro, sente-se humilhado por muito pouco. O Uruguai sempre respeitou os direito de todos. Em 1893 quando o uruguaio brasileiro Gomercindo Saraiva atravessou a fronteira para lutar contra os exércitos socialistas de Flores da Cunha. Perdeu a guerra mas pode voltar ao Uruguai junto a centenas de Maragatos Federalistas. A seis anos quando os Socialistas de Jango e Brizola perderam para os militares brasileiros, agora de direita, também foram aceitos no Uruguai. Não é você que vai restringir a liberdade no Uruguai.

seu lenço vermelho, maragato, responde recitando um poema:

–" Si un día, los supervisores
De los cuatro puntos cardinales
Quema tus arsenales
Ellos ordenan cultivar flores
Nosotros, los gaúchos.
Quemaríamos incienso
En el templo de la inmensa pampa
Cuna del antepasado Andejo
Quien peleó por un beso
Y murió por un pañuelo".[13]

Observo Terezza olhando para o sargento, igual a um mestre, sentindo orgulho da apresentação do pupilo, sinto um pouco de ciúmes, até compreendo a atitude do jovem Juan Savreda, o escuto gargalhar e responder em deboche a citação do sargento.
– Mi hermano, eres una contradicción andante, te vistes como revolucionarios, citas poemas de un

---

13 Se acaso um dia, os feitores
Dos quatro pontos cardeais
Queimassem seus arsenais
Ordenam cultivar flores
Nosotros, os pajadores
Queimaríamos incenso
No templo do pampa imenso
Berço do ancestral andejo
Que peleou por um beijo
E morreu por um lenço. (Trecho de poema de Jayme Caetano Braun)

poeta comunista, deberías estudiar más, ir a la universidad para tener una idea de lo que dices.

Gonsales sorri da provocação, eu passo à frente e respondo a provocação antes que o sargento, querendo chamar a atenção de Terezza.

– Acredito que o amigo esteja desinformado, os gaúchos missioneiros, foram os primeiros a lutar pela igualdade de todos, muito antes de toda dessa balela política, sempre seguimos a utopia comunitária de Santo Inácio, fundador da ordem dos jesuítas, muito antes de falarem da utopia comunista, os gaúchos já tinham sua própria utopia comunitária, muitos poetas confundem o comunitarismo de Santo Inácio com o comunismo marxista, outros apenas cantam os anseios e atos de valentia de um povo, o Poeta Jayme Caetano Braun, é Chimango, Socialista, mas cantou em versos e as valentias dos Farrapos, latifundiários, lutando contra pagamento de impostos e também fez poemas para os Maragatos Federalistas, que eram fazendeiros lutando contra os Socialistas que invadiam suas terras, o poema diz assim:

"Depois, em Noventa e três, na gesta federalista,
A pátria a perder de vista, andei peleando outra vez...
Sem soldo no fim do mês porque pelear era lindo,
As espadas retinindo, chapéu batido na copa,

Como carneador de tropa nas forças de
Gomercindo[14]."[15]

Acho moreno, que é tu o desinformado, devia conhecer mais nossa história, ensinamentos que os que tem diploma acham que é apenas folclore. Nativismo é uma ciência ancestral, passada de pai pra filho, e todo o conhecimento ancestral deve ser respeitado.

Olho para Terezza, esperando recompensa pelo discurso, que me olhasse igual olhou para o sargento, ela não o faz, porém, em seus lábios brotam um sorriso que vale mais que qualquer prêmio. Sargento Gonsales me olha, balança a cabeça em cumprimento, faz sinal para que eu e Terezza fossemos embora, obedecemos, embarcamos, dou partida, peço onde ela quer ir, ela apenas aponta na direção, eu sigo sem mais perguntas. Minha noite mágica está perfeita demais para a estragar com perguntas desajeitadas.

---

14 Gurmercindo Saraiva, nascido em Arroio Grande RS. Fazendeiro e um dos principais lideres maragatos na revolução de 1893. Suas terra ficavam na divisa Brasil Uruguai, e a maioria de seus comandados eram uruguaios, descendentes de espanhóis da região de Maragateria, no norte da Espanha, nome pelo qual ficou sendo conhecido os federalistas, Maragatos.
15 Trecho de poema de Jaime Caetano Braun.

Capítulo Cinco.

Dirijo alguns quilômetros, subindo pela Av principal, alguns quilômetros à frente a Av se divide, transformando-se em rodovia federal, à direita vai a Paysandu e Salto, a esquerda vai a Sequeira, antes de chegarmos a divisão, Terezza aponta em direção de uma estância nos limites da cidade, paro próximo a entrada, abro a porteira, dirijo até próximo a uma varanda que circunda quase toda a casa, sentamos nas poltronas espalhadas pela varanda, pergunto curioso:

– Mora aqui? Afastada da cidade e sozinha?

– É um lugar tranquilo, ou era, com essas manifestações todas sabe-se lá aonde se tem segurança – reclama a professora.

– Manifestações fazem parte do jogo – respondo, debochando da citação que ela havia feito antes.

– É verdade, eles tem o direito de reclamar, manifestar, tentar tomar o que meus pais me deixaram de herança e eu trabalhei para manter. E eu tenho o direito de reclamar e lutar para defender o que me pertence. Mas essa luta toda as vezes cansa – reclama Terezza, tento tranquilizá-la.

– Meu pai era um homem rude, domador, esquilador, posteiro, campeiro por profissão, um dia enquanto eu o ajudava na lida, perguntei se ele não queria ter sua própria fazenda. Ele respondeu sem pensar muito, seria bom, o problema meu filho é o preço, quanto da minha liberdade ser dono de uma fazendo me custaria. Vê, assim pensa um gaúcho folclorista.

– Eu sei como pensam os folcloristas, melhor que imagina, o problema é que infelizmente, ou felizmente, nem todos pensam iguais. Sabe o seu poeta, Cardenal, um dia desses encontrou-se com o papa João Paulo II, em um aeroporto, o seu poeta Sandinista se ajoelhou e pediu perdão ao santo padre.

– O papa o perdoou – interrompo a professora interessado na história, ela sorri debochando da minha curiosidade, responde:

– Não, pelo contrário, disse um monte de impropérios com o dedo em riste na cara do poeta, só faltou o excomungar em público.

– Acho que não devia ter feito isso, sendo o santo padre, devia ser menos rancoroso, ser mais propício ao perdão.

Falo discordando da atitude do papa, Terezza gargalha longamente, balança a cabeça discordando de algo.

– Quanto mais eu convivo com vocês, folcloristas, menos eu os entendo, mas que bom que existam, se não deixam o mundo mais lógico, racional, ao menos o deixam mais romântico.

Senta próximo de onde estou, enlaça meu pescoço, aproxima seus lábios, agora em contraste com o bronze da lua, reflete tons de vermelho cereja, me beija, a princípio apenas encostando os lábios, depois envolve meus lábios com os seus, e sua língua invade minha boca, se enroscando a minha, não sou debutante na arte do beijo, mas dessa forma, caliente, despudorado, ainda não o havia provado, ela me puxa para dentro da casa, nos desfazendo das roupas enquanto nôs beijamos e caminhamos em direção ao quarto, me atrapalho, em abrir os botões de seu vestido, ela afasta seus lábios, acaricia meu rosto, fala em sussurro, como se houvesse alguém para nôs escutar:

– Calma, essa é a noite mais longa de nossas vidas, temos todo o tempo do mundo.

Tal qual a mais hábil acrobata, leva os braços para trás e desabotoa ela mesmo o vestido, coloco as mãos em seus ombros, e faço as alças escorregarem pelos braços, mostrando onde antes havia um recatado decote, dois cerros, gêmeos, de igual formosura, adornados no cume por dua amoras, tão saborosas quanto belas, não sei se devo as saborear, ou apenas admirá-las, faço o tecido deslizar, revelando mais abaixo, um Pampa, de delgada perfeição, estendendo-se até a suave canhada, onde uma peça rendada, esconde o fim do declive, que leva a primorosa cacimba de águas espelhadas. Beijo as belas amoras em quanto desço a peça rendada até os tornozelos, a dona, da querência dos pampas, cerros, cacimbas e canhadas, me empurra para a cama, se joga sobre mim, me beija com o despudor de china sem dono, e com a doçura de namorada no primeiro beijo, se acomoda sobre minha pélvis, tal qual as amazonas do Helesponto, trazidas as Américas por Cortês, encaixa a cacimba de explicitados fluidos, as partes baixa do boxer, não reclamo, ao contrário, me movimento igual a um bagual redomão, fazendo a amazonas provar seu talento, e na noite mais longa

do ano perdemos a noção do tempo, na gineteada
mágica que vivianos, ela fala em meio a gemidos ao
meu ouvido:

– Para! não, não para. Deus não lembrava o quanto
isso bom.

Fiz o que me mandou, parei, mas não parei, de
espacito, ficamos enroscados, até as forças findarem,
ela acaricia meu rosto, passa os dedos acima do galo
roxo em minha testa, pede se está doendo, balanço a
cabeça que não, fala em sussurro.

– Foi muito bom.

– Verdade, bom demais – respondo exausto, ela
sorri, me beija.

– É claro que foi, sexo é igual a um espelho, se você
vê alguém pelo espelho, esse alguém também pode
lhe ver. O sexo não pode ser muito bom para um, se
foi mais ou menos pro outro.

Sorrio com a explicação da minha Branca de
Neve, professora de história, ciências políticas,
filosofia, educação sexual, e estava apenas a
conhecendo. Ouvimos alguém bater à porta, levanto
pego minhas roupas. Terezza pede que fique no
quarto, fala lembrando da história que contei.

– Não se preocupe, não tenho marido, logo não ira
precisar ficar escondido no guarda-roupa, vou ver
quem é, deve ser algum vizinho, querendo saber se
está tudo bem, já é tarde, deixamos o carro fora da
garagem, devem ter estranhado.

Permaneço no quarto, lembro da história de
Porto Alegre, onde fiquei de cuecas na varanda,
penso na frase irônica da professora – "não ira
precisar ficar escondido no guarda-roupa" – não

devia ter contado essa história, me reprendo, na primeira oportunidade que teve aproveitou para fazer piada a respeito, que esperar do humor ácido de Terezza.

Permaneço no quarto esperando por minutos intermináveis, uma angustia me arrebata o peito, mesmo sendo a mais longa, à noite, há de terminar, que fazer quando amanhecer, qual caminho trilhar? Sei que cheguei a um ponto sem retorno em minha vida, minha carreira de pugilista findou-se está noite, não apenas pelo ocorrido, mas devido a sucessões de acontecimentos, que eu vinha represando já há algum tempo, até que um pequeno fato, que aos que não sabem do volume da represa, parece insignificante, é o suficiente para que tudo transborde, e em meio ao caos, consigamos enxergar com clareza, é hora de recomeçar.

Imagino qual o próximo passo, que mais sei fazer além de boxear, também dou aulas de boxe, trabalho como leão de chácara em boates, na infância trabalhei em fazenda, ajudei meu pai na lida. Porém, não quero voltar a trabalhar em fazendas, tão pouco envelhecer igual ao meu treinador, Jorginho, procurando um pugilista que chegue aonde eu não cheguei. Ser leão de chácara não é uma profissão, um trabalho freelance, para ganhar alguns cruzeiros nos fins de semana, impossível manter uma família sendo segurança de boate. Voltar para o interior, trabalhar na lida, ser peão de estância, os ganhos de peão são parcos, impossível de dar luxo a uma mulher mais exigente, sendo Terezza, preciso ser o estancieiro. Não posso ter uma estância, se não puder comprar uma, primeiro preciso de uma profissão que garanta meu sustento e da mulher, exigente, mas paciente para dar o tempo necessário para que eu me acerte na vida. Não vai ser fácil, faço trinta e um anos em alguns meses, iniciar uma profissão já velho, os caminhos ficam mais estreitos conforme acumulamos horizontes em nossa existência. Penso e repenso quais opções, que caminho tomar quando amanhecer e tiver de voltar para capital dos gaúchos, faço as contas, quantos cruzeiros me restarão do cache da luta, pouco pra iniciar qualquer coisa, talvez o suficiente para abrir uma banca e vender cachorro quente, tenho um amigo que consegue viver e sustentar a família vendendo cachorro quente.

Não é uma vida de muitos luxos, se quiser ter uma mulher igual a Terezza, melhor pensar em outra opção. Quem sabe virar político, desse que defendem essas utopias de igualdade, mas são sempre eles que ficam ricos, bom carros, boa vida pra esposa e filhos. Não daria certo, no Brasil os militares não estão dando vida fácil a políticos populistas, Terezza também os detesta, mais fácil me aceitar vendendo cachorro quente que sendo político populista, e para ser um político sério, leva-se uma vida toda para conquistar a confiança e a simpatia dos demais, ser político sem fazer promessas populistas, é para poucos. Depois tenho apenas a sexta série primária concluída, com tão pouco estudo tornam-se parcas as opções.

Enquanto espero Terezza retornar, projeto meu futuro, imaginando como contornar todo o tempo perdido em uma carreira que findava-se sem deixar nenhum legado, dou-me conta que a professora demora a voltar, para quem daria explicações a algum vizinho abelhudo. Outro Déjá vu do sonho da noite passada passa em frente aos meus olhos, esse diferente, pois durante os dias os tive quando acontecia o fato, agora sozinho no quarto, vejo o fato acontecendo, corro para a varanda onde está Terezza, ouço a discussão antes de chegar ao local, reconheço a voz de Juan, a insultando, abro a porta o socando, um direto encima do nariz, ele cai sentado, solta a faca que segurava na mão direita, Terezza corre e chuta a faca a afastando de Juan, depois corre e a pega, Juan levanta em um pulo, passa o punho da camisa no rosto, limpando o sangue que escorre pelo nariz, olha para mim, com fúria, então para Terezza, que fala chorando:

– Vete, no quiero nada más con tú.

– Déjame por el que apenas conoces, realmente la amo – responde Juan falando de maneira mais amena, diferente do homem alterado que encontrei ao chegar.

– Dice que me ama y me amenaza con un cuchillo, y me mataría por no amarlo.

Responde a uruguaia em meio a soluços, Juan olha novamente para mim, depois olha em direção a Terezza e salta em sua direção, eu salto junto, socando sua nuca, ele cai por cima da professora, corro e o jogo para o lado, então percebo que a faca que Terezza segurava se encontra cravada em sua barriga, ele segura o cabo da faca, grita desesperado:

– ¡Me mató! ¡Me mataste! Ayuda al brasileño a matarme.

Terezza corre para dentro de casa retorna com as chaves do carro, manda que a siga, entra no carro manobra para sair da estância, alguns rapazes que vieram com Juan estão em frente ao portão, tentam nos parar, ela joga o carro em cima dos que estão à frente, os obrigando a jogarem-se para os lados, dirige em direção à cidade, fala de maneira dramática.

– Juan vai te acusar de tê-lo esfaqueado, tem de atravessar a fronteira, se te pegam aqui te lincham antes que seja levado a delegacia.

– E eu pensava o que faria com minha vida a partir de agora!

Exclamo de maneira irônica, ela sorri com os cantos dos lábios, desfazendo a expressão dramática que tinha, balança a cabeça:

– Las cosas siempre pueden empeorar.

Me responde de maneira também irônica, concordo balançando a cabeça, no momento em que percebemos a luz do farol de um carro se aproximando em velocidade, nos segue de perto por alguns instantes, se aproxima e bate com seu para-choque no para-choque do fusca da professora, Terezza pisa no acelerador fazendo o motor de 1300 CC., de 46 Cv afastar-se do carro que nos persegue, por pouco tempo, os perseguidores também aceleram, e emparelham o poderoso Impala de 4640 CC., com mais de 100 Cv., um dos perseguidores abaixa a janela do lado caroneiro, grita e faz sinal para encostarmos, aproximam o Impala do fusca,

obrigando Terezza andar com duas rodas no acostamento.
– Que fazemos?

Pergunta Terezza assustada, respondo que não sei, ela olha para o carro ao lado a forçando a sair da estrada, passamos por uma estrada vicinal que segue em ambos os lados da estrada federal, ela grita para que me segure e freia bruscamente, sem dar tempo para que eu me segure, bato com o ombro e o lado da cabeça no para-brisa, o poderoso Impala segue alguns metros à frente até que consiga parar, Terezza atravessa a rodovia uruguaia e segue pela vicinal, uma estrada lamacenta e esburacada, pergunto aonde estamos indo
– A alguns quilômetros têm uma rotatória, contornando a esquerda, chega-se a outra estrada federal, que vai a região de Paysandu e Salto, seguindo em frente a estrada torna-se um carreteira, por onde circulam apenas carroças, seguindo por esse carreiro chega-se a uma estância que pertence à minha família.

Vemos a luz do carro que nos persegue refletir no retrovisor do fusca, tem chovido nos últimos dias de final de outono, sinal que Quaraí e Artigas terão um inverno chuvoso, em alguns pontos onde o tráfego de caminhões é mais intenso, tem-se um carreiro em meio a estrada, com o chão mais firme, porém mais liso, dos lados da estrada o terreno e mais lamacento, porém menos liso, Terezza é hábil na condução de fusca, trafega alternando entre as partes mais lisa e as mais lamacentas, dependendo as condições de uma e outra, onde não esteja liso

demais ao ponto de perder o controle do carro, nem lamacento demais ao ponto de atolarmos, o Impala, mais velos, se aproxima, Terezza escolhe o terreno, diminui a velocidade para que se aproximem, quando estão próximo ela sai da parte mais lisa da estrada e freia, o carro que vem atrás freia para não bater, perde aderência na lama lisa e roda 180°, Terezza pisa fundo no acelerador, fazendo o fusquinha patinar e andar de lado na parte mais lamacenta da pista, o Impala deslizando passa sua enorme traseira, parecida a uma cauda de peixe, a alguns centímetros do para-choque traseiro do fusca 1969, cor azul céu, da professora uruguaia, que olha pelo retrovisor e sorri vendo os perseguidores fora da estrada, faz mais uma de suas interpretações de payador gaúcho e declama um poema ironizando a tudo e todos.
– A prenda, china, chirua, percanta, querendona e gueixa flor de maçanilha, deixa seus perseguidores, empantanado en arcilla y pasea trotando en el campo.
   Sorrio do debochado poema brasileiro uruguaio da professora, que parece ter se refeito do susto, ela me olha com os cantos dos olhos também sorri, e segue conduzindo seu VW pelos charcos e banhadais da estrada vicinal, até passarmos pela rotatória que havia falado, segue na estrada aonde estamos, que poucos quilômetros após a rotatória se estreita, tonando-se um carreiro para carroças e cavalos, com solo irregular e esburacado, fazendo com que saltemos dentro do carro, quase batendo as cabeças no teto, falo para que ande mais devagar, ou

bateremos em uma árvore, ela responde que não me preocupe, conhece o lugar, a estância não fica longe, e da estância é fácil chegar ao rio Quaraí. Deixaremos o carro e seguiremos a pé pelo mato até o rio. Me tranquilizo ao saber que ela conhece o careiro de carroça onde nos enfiou com seu fusca, que resiste bravamente aos trancos e solavancos, parecendo não querer decepcionar sua dona, que segue em meio aos solavancos sem importar-se com o as condições do terreno ou se o fusca aguenta o castigo. O farol ilumina um descampado, e a floresta dá espaço a um campo, com arame farpado de ambos os lados do careiro, à frente consigo ver uma porteira e logo depois uma casa, abro a porteira nôs aproximamos da casa, um homem aparece na varanda, com um rifle em punho, protegendo os olhos da luz dos faróis, Terezza os desliga, o homem armado de rifle abaixa a arma, saímos do carro, ele abre um sorriso.

– Me alegro de verte, doña Tereza, no es asunto mío, sino lo que haces en tu granja tan tarde.

– Buenas noches Hortega, este es Camilo, un amigo mío, tuvo problemas con algunos alborotadores de la ciudad, ahora no lo dejes cruzar el puente hacia el lado brasileño.

Manolo Hortega, um senhor aparentando mais de sessenta anos, faz sinal para que entremos, pede para sentarmos próximo a um fogão de lenha, abre a boca do fogão, tira um punhado de cinzas de dentro, aproveita algumas brasas ainda acesas, coloca mais lenha, abana com uma tampa de panela até o fogo alastrar-se para a lenha, põe sobre o fogão uma cambona, preta de fuligem, deixa a água esquentando, pede a chaves do carro para Terezza, diz que vai escondê-lo dentro da estrebaria, Terezza concorda e lhe entrega as chaves, o campeiro sai esconder o carro, eu e Terezza permanecemos na cozinha se aquecendo no calor do fogão, pergunto se é dela a estância, responde que ganhou de herança, faço sinal que compreendo, se recebeu de herança, alguém da família havia morrido, talvez ainda recente, melhor não intrometer-me em assuntos que possam serem traumáticos. Ela se abraça, esfregando os braços, a madrugada começa a ficar gelada, tiro minha jaqueta de couro e a coloco sobre seus ombros, puxamos as cadeiras para mais próximo do fogão, Hortega retorna, pergunta se tomaremos café ou chimarrão, Terezza responde sorrindo, chimarrão, e se houvesse um pedaço de queijo seria bom, Hortega sorri, fala que tem um bom queijo, preparado por ele mesmo, com pouco sal, do jeito quc a patroa gosta, a patroa, Terezza, sorri fazendo expressão de que gostou da notícia, ele pega a cambona com água quente, prepara o chimarrão, e sobre uma tambureta, posicionada entre eu e Terezza coloca um prato com o queijo e outro com doce de leite. Terezza corta um pedaço de queijo para éla outro para mim, cobre seu pedaço de queijo com doce de leite, me alcança a faca para que eu faça o mesmo, repito o que ela fez, gosto do Romeu e Julieta, queijo com goiabada, feito com doce de leite é ainda melhor, e acompanhado de chimarrão com boa erva uruguaia, é uma degustação de requinte. Terezza levanta, vai até a mesa, onde em cima tem um rádio de pilha, liga, sintoniza algumas rádios por

instantes, até encontrar uma onde uma banda toca música em inglês, ela olha para Hortega, que balança a cabeça como se não gostasse muito do que ouve, fala sorrindo:
– A mi amigo Camilo tampoco le gustan las canciones de Los Shakers, prefiero cantantes de fouclore, creo que serán buenos amigos.
– Los Shakers. Los Iracundos, Los Mockers, el mismo iê, iê, iê, que los cantantes ingleses de Liverpool. Prefiero Zitarrosa, Pepe Guerra, José Carvajal, cantantes uruguayos que cantan cosas de Uruguay.
Sorrio da resposta do uruguaio, olho para Terezza que faz uma expressão irônica, olhando para mim e o campeiro uruguaio, volta a sintonizar o rádio até encontrar uma rádio tocando música nativista, uma voz feminina, pouco comum em músicas folclóricas, eu gosta da cantora, Mercedes Sosa, Terezza ouve um pouco da milonga, fala demostrando conhecer a cantora da música folclórica, apesar de fazer ironias a respeito:
– La Negra, tem uma linda voz essa cantora, é quase da mesma idade que eu, se eu fosse cantora seria igual a éla, só que eu cantaria Rock in Rool.
Eu e Hortega não resistimos, gargalhamos por um bom tempo da frase, discordo da professora:
– Isso não faz o menor sentido, Sosa é chamada de La Negra, por ser descendente de índios, também é conhecida como " a Voz dos que não tem vos" pelos posicionamentos políticos, iguais aos de Ernesto Cardenal. Penso que algo está errado, os cantores nativista deveriam ser comunitarista, pois defendem

as ideias de São Inácio, e conservadores, já que cantam músicas conservadoras. Já a professora é de direita, e quer cantar Rock, que é uma música de movimentos de esquerda, nada nesse mundo faz muito sentido professora Terezza. As bandas de músicas uruguaias cantam o mesmo iê, iê, iê, dos Beatles e Rolling Stones, no Brasil, temos a jovem guarda, um movimento que também imita os Beatles, deixando as músicas nativas, regionalistas, desaparecerem. Voltamos a ser colônias dos europeus, agora culturais.

Terezza balança a cabeça de lado, repuxa os cantos da boca dando a entender que não concorda com meu ponto de vista responde:
– Acho que estilos musicais não tem muito a ver com posições políticas, os Beatles, Rolling Stones, cantam Rock e politicamente são de direita. Quanto ao ser conservador, o Rock surgiu de cantos de guerra Vikings e Celtas, não a nada mais conservador que um Viking. Já o canto folclórico, payadas e milongas, algumas fontes dizem ter se originado das cantilenas fúnebres, chorosas e melancólicas dos payês tupi-guarani, como escreveu o poeta, " Se gaúcho senhor é homem canta triste, e em todo pampa existe, por isso nasci cantor[16]"

A professora faz sua performance de declamadora de poemas nativos, entonando um tom grave à voz, e se posicionando igual aos paiyadores, eu e Hortega gargalhamos da performa-se, ela sorri e segue seu raciocínio:

---

16 Noel Guarani. Filosofia de Gaudério.

– Quanto aos seus poetas e cantores de esquerda, estão apenas se posicionando do lado que mais os favoreça. Nenhum deles reparte o que ganham com os menos favorecidos, apenas conversa mole para enganar seus fãs e continuar parecendo bons moços, comungando com o comunitarismo de San Ignácio de Loyola, que eles associaram ao marxismo. O papa João Paulo II não comunga com essa ideia de transformar Santo Inácio[17] em socialista.

Hortega escuta o debate entre eu e a professora, faz expressão que nem um de nós está correto, dá sua opinião:

– Aquí en Uruguay, los Blancos que usan las banderas blancas son de la derecha, los Colorados que usan las banderas rojas son de la izquierda. Mi abuelo, Marcone Hortega, vestía un pañuelo rojo, era un Maragato, luchó en las tropas de Gomercindo, defendiendo los ideales de la derecha, cortó a otros con pañuelos blancos de izquierda. Si estuviera vivo hoy, no sabría de qué color ponerse. Políticos de derecha, de izquierda, todos los mismos ladrones, pensando solo en sí mismos.

Gargalhamos da sinceridade de Hortega e seu avô degolador, igual ao Maragato Adão la Torre, que degolou centos de socialistas em 1893, e ao socialista, Xerengue, ou Cherengue que degolou centos de Maragatos, capitalistas, na mesma revolução, Terezza expressa sua opinião:

– Foi uma guerra estúpida, iguais a todas as guerras, mas não tiro a razão dos Maragatos de Gomercindo, lutaram, mataram, morreram pelo que acreditavam,

---

17 San Ignácio de Loyola, fundador da ordem Jesuítica.

que suas propriedades lhes pertenciam, foram conquistadas com o suor de seus rostos, e não as entregariam sem lutar a uma ideologia estúpida, promovida por filósofos estúpidos.

Eu e Hortega nôs olhamos, faço uma expressão de dúvida, a mesma que Hortega, eu rebato a fala da professora.

– Um fato, uma guerra, sempre ocorre por mais de um motivo, a revolução de 1893, além dessas ideologias confusas, teve o golpe de estado dado no imperador brasileiro, Don PedroII, fato que havia desagradado aos maragatos, junto uma política ideológica socialista que ameaçavam interesses de homens iguais a Gomercindo. Se ao invés de socialismo, a esquerda pregasse o comunitarismo, as coisas teriam se resolvido sem as degolas.

Terezza me olha enrugando a testa, meio sem saber qual seria esse meio termo, o comunitarismo dc São Inácio:

– As ideias de San Ignácio deram certo nas reducciones, porque havia um senso comum de comunitarismo, o cacique era o cabildo e prefeito da reduccione, as mulheres realizavam suas tarefas e os homens as suas, haviam as terras comunitárias, mas também haviam terras particulares, um sistema difícil, impossível de ser implementado atualmente.

Responde a professoras história, conhecedora dos hábitos das reducciones ou missões jesuíticas, Hortega rebate o discurso:

– Creo que algunos políticos, pensando en sí mismos, quieren empujar a este socialismo por las gargantas de nosotros. El comunitarismo es bastante simple, todos viven a su antojo y, si es posible, ayudan a los que tienen menos.[18]

Dá a última palavra Hortega sobre o tema, que na sua maneira de ver as coisas, é extremamente simples.

---

18 Acredito que alguns políticos, pensam apenas em si mesmo, querem nôs empurrar este socialismo goela abaixo. O comunitarismo é bastante simples, todos vivem com liberdade, e se possível, ajudam os que têm menos.

Capítulo Seis.

Uma história à Martin Fierro.

– Es una vista demasiado simple para un problema extremadamente complejo. Hortega, no hay soluciones simples para problemas complejos. Especialmente cuando se trata de esta profundización de la guerra social en todo el mundo.[19]

Responde Terezza, sobre a simplicidade da visão comunitarista do nativista Hortega, que igual a mim, acredita que as coisas podem sim ser resolvidas de maneira mais simples, basta que as pessoas queiram, complemento:

– Professora, complexo são cálculos matemáticos, convivência social é uma questão de uma boa prosa, como se falava antigamente.

– Ou de uma boa degola! Como se fazia antigamente.

Contesta meu argumento Terezza, debochando, prossegue.

– Cálculos matemáticos são brincadeira de criança perto da complexidade da convivência social Zangado.

Hortega me olha estranho, repete – Zangado – Terezza sorri do campeiro, eu tento explicar a história da branca de neve, ele escuta a história e concorda com minha opinião, Terezza se parece com

---

19 É uma visão demasiadamente simples para uma questão extremamente complexa Hortega, não existe resoluções simples para problemas complexos. Principalmente em se tratando dessa guerra social que se aprofunda em todo o mundo.

a branca de neves, me fala que quando criança, ela morava em Montevidéu, vinha para Artigas apenas nas férias escolares, lembra que achava Terezza uma princesa de contos de fada, só não havia se decidido qual delas, mas concorda comigo, com a idade, tornou-se mais parecida com a branca de neve..., para de falar, ouvimos sons de patas de cavalo do lado de fora, Hortega pega o rifle, pede que não me preocupe, vai ver o que está acontecendo, ele sai, eu Terezza ficamos aguardando, ele demora mais que o esperado, Terezza vai até porta, olha por uma fresta, fica tensa, pergunto o que houve:
– Sargento Gonsales está ai fora – ela responde.
– Como nôs encontrou tão rápido?
     Eu pergunto, ela suspende os ombros, dando a entender que não sabia, mas a expressão do rosto dizia outra coisa, peço licença abro a porta e saio, vejo Gonsales montado a cavalo, em trajes de paisano, igual ao que usava no bar há algumas horas, só que agora usa chapéu e um poncho de lã sobre a jaqueta e botas de cano longo e esporas, ele me olha, depois para Hortega, contrariado, o campeiro devia mentir sobre eu e Terezza, desce do animal, uma fêmea de pelagem gateada. Fala com a autoridade de um policial.
– ¿Qué coño hiciste brasileño? Artigas está en crisis, Juan fue llevado al hospital en estado grave, los Colorados más radicales han bloqueado el puente y lo buscan en todas partes, si te atrapan te lincharán.
– Tive sorte que me encontrou primeiro, me leve a delegacia onde responderei pelo ocorrido.

Respondo, Gonsales olha para além de onde estou, percebo Terezza as minhas costas, após se olharem por instantes ele olha de lado, balança a cabeça.

– Estás loco, vienes a Uruguay para apuñalar a un uruguayo. No es tan simple, hay media docena de policías en la estación, algunos de ellos simpatizantes del Partido Colorado. No se esforzarán por garantizar su seguridad.

Começo a preocupar-me, se a policía uruguaia não pode garantir minha segurança, quem pode? Desço os degraus da varanda, me aproximo do sargento, olho seu rosto amassado, pela luta que tivemos há algumas horas, pergunto:

– E o que eu faço?

– Debería haber pensado en eso antes de apuñalar a un uruguayo.

Me responde Gonsales olhando firme em meus olhos, pensa em acertá-lo com direto de direita no queixo, derrubá-lo antes que me prenda e me leve para ser linchado, ele percebe minha intenção, devagar desce a mão até cintura, vai sacar sua arma, antes que eu o golpeie ouço Terezza gritar.

– O que farão, lutarão novamente? Agora de mãos nuas até morte? Por que não nos sentamos e tentamos resolver isso conversando, diplomacia, acho que disse a pouco que essa é a base do comunitarismo.

Olha fundo em meus olhos, depois nos olhos do sargento, como se o conhecesse a muito tempo.

– ¿Y tú, siempre presumido de ser honrado como los gauchos de antaño, los dejarás asesinar a otro gaucho sin escuchar tu historia?

Gonsales balança a cabeça concordando, Hortega fala descontraindo o clima tenso:

– Entramos y comemos queso con dulce de leche y mate, así que nos calmamos y encontramos la mejor solución.

Concordamos, Terezza passa a mão nas crinas do cavalo – Como anda la bella Libertad – a égua se aproxima abaixando a cabeça para que Terezza continuasse a lhe acarinhar, Hortega pega o cabresto e leva o cavalo a estrebaria. Entramos e nos sentamos à beira do fogão a lenha, Terezza corta um pedaço de queijo e oferece ao sargento, ele pega, passa doce de leite em cima, pergunta o que houve, e aguarda a resposta enquanto degusta o Romeu e Julieta, que em vez de goiabada, usa-se doce de leite, eu conto como houve a luta com Juan, querendo deixar Terezza fora da confusão, ela me interrompe:

– Juan fue a mi casa a matarme con su cuchillo, Camilo me defendió, su cuchillo cayó al suelo, lo atrapé para que se fuera, él intentó quitarme el cuchillo de la mano y accidentalmente cayó sobre mí y el cuchillo.[20]

Entendo um pouco de espanhol, devido à convivência, e o portunhol muito usado em toda a região das missões, o que Terezza contou é a verdade,

---

20 Juan foi até minha casa para me matar com sua faca, Camilo me defendeu, sua faca caiu no chão, eu a peguei, para que ele fosse embora, ele tentou tomar a faca de minha mão e acidentalmente caiu sobre mim e a faca.

embora tenha omitido que soquei Juan na nuca quando ele avançou em sua direção. Gonsales balança a cabeça com expressão de decepção, fala em um misto de raiva e ciúmes.

– Cuántos desamores mi causo, siempre queriendo ser más grande que Uruguay, el que más sabe, el más independiente, pero sus novios sufren las consecuencias.[21]

Terezza olha com fúria em direção ao sargento, se aproxima igual a uma leoa, pensei que sairia no soco com Gonsales, mas não, aponta o dedo em sua direção e conta à sua versão da história:

– Te causo asco, tengo muchos novios, quiero ser el listo[22]. Es fácil poner tus propias faltas en los demás. ¿Te fuiste, conseguiste otra novia o no recuerdas cómo sucedieron las cosas?

Hortega olha em minha direção e faz sinal com a cabeça, entendo o que diz, devemos deixar que conversem, Terezza me vê caminhando em direção a porta, manda que eu pare, fala que não tem mais nada a discutir com Gonsales, ele discorda, e conta mais da conturbada relação que tiveram.

–Recuerdo todo, desde que éramos niños, aquí en esta estância, vivía con mi abuelo. – para de falar aponta para Hortega, o campeiro olha de lado não querendo fazer parte da discussão, Gonsales prossegue – Esperé todo el año a que llegaran las vacaciones, y tu viniste a pasar unos días aquí, te he

---

21 Quantos desgosto me causa, sempre querendo ser maior que o Uruguai, a que sabe mais, a mais independente, mas seus namorados é que sofrem as consequências.

22 Sabichona

amado desde la primera vez que te vi, y siempre lo supiste. Luego se graduó, se convirtió en maestra, pasó unos años sin venir a Artigas, cuando regresó era aún más hermosa, yo era campesino en su estância, al igual que el padre de mi madre. Empecé a boxear, queriendo si alguien para merecerte.

Terezza o interrompe:

– Quería casarme contigo, no porque estuviera peleando, sino porque era un hombre decente y honorable, nunca me importó ser campesino.

– Nunca le importo, pero siempre trató de cambiarme.

Responde Gonsales quase em sussurro, Terezza olha de lado pensa por instantes, fala de maneira trite, quase chorosa:

– Siempre quise lo mejor para ti, para progresar en la vida.

Eu e o avô de Gonsales passamos a cuia de chimarrão um para o outro, fazendo de conta que não escutávamos a conversa, porém, eu ouvia atento, Gonsales reclamando de Terezza importar-se com ele e querer que conseguisse uma profissão, talvez fosse sargento graças aos esforços de Terezza, mas não estava bom, nunca está, acha que a mulher o quer controlar, decidir sua vida, não posso culpá-lo, já tive minha mulher de contos de fada, que tentou fazer com eu fosse mais que apenas um pugilista. Disse que ser pugilista era passageiro, em breve me tornaria velho para o esporte, teria ter oura profissão. Adorável Carla, se a tivesse escutado, ao invés, de envolver-me com a mãe de um aluno, provavelmente estaria em uma situação mais confortável, teria ficado ao seu lado, e teria um rumo a seguir agora. Gonsales se cala depois da última frase, talvez tenha percebido que está errado, Terezza tinha sido seu bilhete premiado, ele jogou fora.

Hortega quebra o clima tenso que ficou no ambiente, fala apontando o rádio:
– ¿Te acuerdas mi hijo? Cuando viajamos a Argentina, tú, yo y Terezza, creo que pasamos por esta ciudad.

No rádio toca uma música de José Larralde, Hortega levanta vai ao quarto volta com um violão, alcança ao neto, ele tenta recusar, mas o avô faz cara de bravo, Gonsales pega o instrumento e começa a dedilhar, no início meio tímido, depois acompanha o ritmo, uma milonga alegre, algo raro, quase uma rumba, e começa a cantar junto a música:

– "Un día me fui del pago, la pucha que lo extrañe, salí buscando trabajo y aquí estoy, míreme usted.

Cuando uno sale al camino, es difícil de saber, si podra pegar la vuelta o morirá sin poder.

Cuanto más leguas se hacen, más quedan por recorrer,
los caminos son pa dirse las penas son pa volver.
Un día me fui del pago, pero Dios ha de querer, que no se me manque el zurdo sin llegar a Huanguelén...

que no se me manque el zurdo sin llegar a Huanguelén.

Que no se me manque el zurdo, sin llegar a
Huanguelén".…[23]

Gonsales e Hortega cantavam animado,
Terezza tentava disfarçar o sorriso, eu gosto da
música, já a tinha escutado outras vezes, embora não
fizesse ideia de onde fica Huanguelén, então
Gonsales troca, Huanguelén, por Artigas, todos
sorriem, inclusive eu, e cantam mais alto:
– que no se me manque el zurdo sin llegar a Artigas.
Que no se me manque[24] el zurdo[25], sin llegar a
Artigas...

Todos repetem o refrão em meio a risos, a
música, o poema, é algo maravilhoso, tem o poder de
nos deixar alegres a troco de nada, ou nôs fazer mais
crítico ou filosófico, Gonsales me olha, me alcança o
violão.
– Te escuché recitando un poema allí en Casarão,
también rasguea la guitarra.

Pego o instrumento, dedilho sentindo a
afinação, na verdade não toco violão, dedilho
milongas chorosas, que aprendi com meu pai, que
ensinou-me dedilhando milongas triste de Noel
Guarani, que Terezza a havia recitado em zombaria.
" Se gaúcho senhor é homem canta triste, e em todo
Pampa existe, por isso nasci cantor[26]"

Infelizmente não nasci cantor, mas gosto de
poemas, compus alguns, declamo um deles

---

23 José Larralde: Um dia me fui del pago
24 Manco
25 A canhota, esquerda
26 Noel Guarani. Filosofia de Gaudério.

dedilhando as primas do violão, em acordes mais
alegre que o tema do poema.

– Que me vejam como queiram ou lhes agradem a visão
Nem Ibero nem guarani, sou trezentos anos dessa fusão
Que pensem que nada penso, que além de moco sou mudo
Eu sou a sobra do rebujo, também sou a mistura de tudo
Sou mais que a mescla de raças, sou a própria combustão
Ibero-Guarani escondendo os rastros em meio à multidão.

Para que me compreendam primeiro deem-me atenção
Por guacho mamei em tetas Kainguêngues-Castelhanas
Pero nunca mamei em mamas de revolucionário ladrão
Vivo por minhas leis, compilações Iberas-Pampeanas
E pelos rastros e pisadas aprendi a reconhecer chacais
Escondidos fantasiados travestidos de vestais.

O amigo aponta as virtudes o inimigo os vícios
Só rola barranco abaixo quem não aprendeu no início
Caráter e boa conduta não são apenas caprichos
Pode ser apagar os rastros, difícil é apagar os vícios.
Homem chora de dor, a mulher escondendo os
sentimentos
Tomado o caminho errado, de nada adianta os lamentos.

Pra espinhela caída o remédio e a rezadeira
Pra trazer o amor de volta pula-se por três vezes a
fogueira
Boldo, losna e caqueja são amargos iguais ao fel
Para o fígado, gripe e constipação são melhores que o mel
Pra mal criados rebeldes tipos malo e redomão
Se em casa não foi educado, a vida lhes dará a educação.[27]

------

27 Filosofia Guachas. De Paulo Balthazar

A plateia escuta atenta meu filosofar campeiro, de pouca simetria e rimas pobes, Terezza fala:

– É um poema bonito, o declama parecido com Atahulpa Yupanqui, um pouco ativista e melancólico demais.

Gonsales discorda, na expressão do rosto, e também opina:

– Me gustó, parece que con los poemas de José Larralde y Jaime Caitano Braun. Sobre política cada uno con su opinión, y la política tiene que ser discutida, si no, un lado se convierte en dueño de la verdad.

Terezza faz uma expressão irônica, levando os lábios à frente e enrugando o canto da boca.

– Folcloristas, mesmo discordando, concordam um com o outro, a não ser quando resolvem degolar-se.

A professora ironiza os costumes e culturas da região da fronteira missioneira, que no fundo, sendo professora de história, ela gosta, habituou-se a criticar culturalmente os folcloristas, talvez para implicar com Gonsales, seu antigo amor, sua quase lua de mel em Paris, fiquei curioso, o que seria uma quase lua de mel? Prefiro não me intrometer ainda mais no relacionamento da branca de neve uruguaia, embora, tenha esperança que o caso entre eles seja coisa do passado, mesmo que mal resolvido, sinto pelo meu adversário, mas se houver alguma chance, não vou desistir de Terezza. Gonsales finge não ter escutado a crítica da professoram, pede que lhe alcance o violão, dedilha uma milonga pausada, e declama um poema:

– Más allá de Iberia llegaron, juntos trajeron los sacramentos
Desde Perú hasta Yapeú, los guaraníes consagrarán lo calisbento.
San Ignacio en las reducciones difundió el comunitarismo
Políticos maliciosos dicen que esto es socialismo
El socialismo es una maldición travestida de oración
El comunitarismo y el amor en la división justa del pan.

Comunitarismo, socialismo, todo es el mismo comunismo.
Dirán los más apurados o los que carecen de altruismo
El socialismo convierte la bondad en monopolio de la opresión
El comunitarismo es ayudar a los demás con su convicción.
El estado no puede imponer que todos somos hermanos
El altruismo es un predicado con el que nôs presentamos.[28]

---

28 Comunitarismo: de Paulo Balthazar.
Além da Ibéria vieram, junto trouxeram os sacramentos
Do Peru a Yapeú, Guaranis, consagrarão o calisbento
São Inácio nas reducciones espalhou o comunitarismo
Políticos, mal intencionados, dizem ser isso socialismo
Socialismo é xingamento travestido de oração
Comunitarismo e o amor na justa divisão pão.
Comunitarismo, socialismo, tudo é o mesmo comunismo
Dirão os mais apressados ou aos que faltem o altruísmo
Socialismo transforma bondade em monopólio de opressão
Comunitarismo é ajudar ao próximo pela sua convicção
O Estado não pode impôr que sejamos todos hermanos
Altruísmo é predicado com o qual nôs presenteamos.

Terezza faz sua expressão típica de payê Guarani, entonando a voz com se fosse um payador declamando um poema.

– Así folkloristas. ¿Cómo harán la división justa del pan? ¿Sin hacer la revolución socialista de Kal Marx?

Hortega responde antes do neto:

– En pocas palabras, como lo hicieron los jesuitas en las reducciones, aquellos que tienen sus tierras y propiedades privadas continuarán siendo sus dueños, aquellos que quieran hacer cooperativas en tierras comunitarias donde todos plantan, cosechan y dividen por igual, también lo harán, los demás son lo que la poesía de mi nieto habla, enseña a ser más altruista, simpatizante de su prójimo. El estado no debe involucrarse en estos temas, cada vez que entran, termina en guerra. La gente tiene que entenderse.

Terezza ainda com sua carranca de payê, balança a cabeça em negativa, dando a entender que a explicação do velho Hortega não a convenceu, repete o que já havia me dito.

– Su respuesta es demasiado simple para abordar una pregunta tan compleja como la división de clases. No hay respuestas simples a preguntas complejas, Sr. Hortega.[29]

Gonsales imita a expressão, carranca de Terezza, e fala imitando sua voz:

---

29 Sua resposta é muito simples para equacionar uma questão tão complexa quanto a divisão de classes. Não existe resposta simples para questões complexas senhor Hortega.

– No hay respuestas simples a preguntas complejas, Sr. Hortega. Si no aprendiste en la universidad, la respuesta no es correcta.

Eu e Hortega gargalhamos da imitação, Terezza faz um semblante irônico, e de maneira irônica responde a provocação:

– No dije que tenía que estudiar en la universidad para saber la respuesta. No solo yo, miles más que estudian en universidades de renombre no saben cómo responder a este problema.

Se aproxima de Gosales, olha no fundo de seus olhos.

– Esto tiene que ver con la convivencia, y la mayoría de las personas, incluso las que dicen ser altruistas, no saben cómo vivir con otras personas.

Hortega olha o neto e sua ex noiva, por baixo, faz expressão que ainda havia muito a ser resolvidos entre os dois, Gonsales sorri ironizando a indireta.

– ¿No sé vivir con otras personas? No seguí tratando de cambiar tu forma de vida. Para que podamos vivir juntos.[30]

Gonsales responde demonstrando ressentimentos por coisas passadas, Terezza olha para os lados, levanta as palmas das mãos para cima, deixa cair os ombros em desalento.

– Quería que tuvieras un futuro, una profesión, que te convirtieras en una mejor persona, todos tenemos que perfeccionarnos, así es la vida, quien no se queda atrás es aplastado por la sociedad. Pero si no estás

---

30 Eu é que não sei conviver com as outras pessoas? Eu não fiquei tentando mudar sua maneira de viver. Para que pudéssemos viver juntos.

contento con tu vida, ¿por qué no cambiar? ¿Dejar tu trabajo será libre como los folkloristas que admiras tanto?[31]

Gonsales fica sem resposta, eu pego o violão, faço de conta que mecho na afinação e não estou prestando atenção na discussão, que novamente descambou para o lado pessoal de ambos, Terezza percebe que eu e Hortega estamos desconcertados, de ficarmos em meio a sua discussão de relacionamento, pergunta se tenho outro poema, balanço a cabeça que sim e ponteio outra milonga, essa dedilhando apenas as bordonas, deixando o milonguear mais melancólico:

– Meus versos por tão antigos até precedem ao autor
Conta segredos de antanho, de amor, alegria e de dor
Da formação de um povo, das guerras e as suas
rasões
Pessoas de muitas raças ideias e de distintas
opiniões,
Guaranis, Kaingângues, Negros, Europeus e
Orientais
Essa profusão de raças, cores, formaram nossos
ideais.

A gesta de 1893, sobram épicas e bárbaras memórias
De Sacramento a Desterro, lutas, lamentos e glórias

---

31 Eu quis que tivesse um futuro, uma profissão, se tornasse uma pessoa melhor, todos temos de nos aperfeiçoar, assim é a vida, quem não o faz fica para trás, é esmagado pela sociedade. Mas se não está contente com sua vida por que não muda? Abandona seu trabalho vai ser livre iguais aos folcloristas que tanto admira?

Cherengue o republicano, feroz degolador impiedoso
La Torre, negro monarquista, na degola era
caprichoso
Monarquistas, republicanos, nossa história
escreveram
Aos que sobreviveram restou a lição que
aprenderam.

Em 1923, novas peleias, guerras e sangramentos
La Torre, já velho, ainda é a razão dos lamentos
Adão e Gomercindo encabeçavam os Federalistas
Gomercindo é alvejado nas tropas fazendo a revista
De metralhadora os republicanos estraçalharam
Adão
La torre é cortado ao meio, assim morreu o negão

De Gomercindo, Adão La Lorre era a ponta da lança
Negro livre, cruel com inimigos dos amigos a
esperança
Gomercindo e La torre, Maragatos de um nobre ideal
Homens livres, sem ditames, cabresto ou amarras
estatal
Dos chimangos, ou republicanos, os ideais é o que
restou
Essa República carcomida, q em sonhos alguém a
amou

Dizem, contestar é o fácil, o difícil é mostrar o
caminho
Pois até a rosa que seduz a morena tem no talo o
espinho

Não sei a grande resposta, como deixar a todos
contentes
O que sei, boa safra, só se colhe plantando as
sementes
Barriga cheia, educação, segurança, emprego e
moradia
Tudo mais que lhe prometam é conversa mole, é
utopia.[32]

– Pelo jeito já tinha conhecimento do significado de
utopia – comenta Terezza .
– Não da maneira como me explicou, acreditava que
utopia fosse algo diferente, igual ao um projeto de
vida, uma meta a ser alcançada, algo muito difícil de
conseguir, mas que pode ser alcançada. Pelo que em
explicou não é isso, utopia é algo que só pode existir
em sonhos.
Respondo ainda dedilhando o violão, Gonsales
gargalha, fala em meio a risos irônicos.
– Una más que el profesor Terezza destruyó los
sueños.
– Ao menos ela não me socou enquanto eu a
cumprimentava.
Falo defendendo Terezza, me referindo ao
golpe que Gonsales tentou me acertar quando o
cumprimentei no início da luta, também já começava
a aborrecer-me com suas reclamações, teve a mulher
dos sonhos e a perdeu, por vontade própria, isso
também havia acontecido comigo, mas, talvez a
tristeza de Gonsales fosse a minha alegria. Ele rebate
raivoso minha frase:

---

32 Histórias de Antanho: Paulo Balthazar

– ¿Dónde está escrito que los boxeadores deben saludarse antes de que comience la pelea?

– Em lugar algum, mas é próprio de cavalheiros, cumprimentar ao adversário em sinal de respeito.

Contesto seu argumento também de forma incisiva, Terezza nôs observa, igual a uma criadora de cavalos de raça, observando qual dos varões daria melhores potros, Gonsales incomodado em ser observado olha bravo em direção de Terezza, ela sorri, levanta os ombros, como quem diz, o que eu tenho a ver com sua discussão. Ele rebate meu discurso:

– Te habría faltado el respeto si te hubiera maldecido, escupido, saludar o no a tu oponente es una opción para cada boxeador. Escribió una poesía ahora que Adam La Torre estaba matando a sus oponentes, ¿haría alguna diferencia si saludara a su adversario antes de matarlo?

– A luta de boxe é um esporte. não é para que os lutadores se matem – contesto a teoria de Gonsales.

– Mata, derriba, elimina la idea y gana – responde o sargento pugilista.

Capítulo Sete.

Terezza franze o cenho, abre a boca para falar algo, antes escutamos roncos de motores, ela levanta, caminha até a porta, Gonsales salta em sua direção, faz sinal para que fique quieta, todos silenciamo-nos, apurando a audição, tentando distinguir o som que vem do carreiro por onde chega-se a casa, os roncos de motores param próximo a casa, aguardamos por alguns instantes, até ouvir alguém gritar do lado de fora chamando pelo proprietário, Hortega levanta-se, Gonsales pede que fique, manda que eu e Terezza nôs escondamos no quarto, eu discordo, peço que Terezza vá para o quarto, fico atrás da porta enquanto Gonsales sai e recepciona os visitantes com um – buenas noches – os visitantes não respondem o cumprimento, ouço alguém perguntar, quase afirmando.

– ¿El brasileño que apuñaló a Juan está aquí? Los neumáticos del Escarabajo[33] del profesor Terezza, en el que huyó el brasileño, vienen aquí.

O perseguidor fala apontando os rastros do fusca, Gonsales olha na direção apontada, nega:

– Están equivocados, estas pistas son de mi auto, vi a Terezza y al brasileño la última vez en el bar, donde estabas.

Ouço Gonsales mentindo que me viu pela última vez no bar onde os que me perseguiam também estavam, alguns segundos de silêncio, fico

---

33 Fusca

apreensivo, não sei o que está acontecendo, então ouço um dos amigos de Juan falar:

– ¿Nos invitaste a entrar? tomar un compañero? Esta muy frío.[34]

– Ya es de madrugada, mi abuelo duerme, también intentaré descansar unas horas antes de que amanezca. Haz lo mismo, ve a tus casas y deja que la policía arreste al brasileño.

Ouço Gonsales se negando a convidar para que entrem e os aconselhando a irem para suas casas, por alguns instantes tudo fica em silêncio, tenho a impressão que escuto a respiração de Gonsales do lado de fora, ouço paços no solo enlameado em frente a casa, e o ronco de motores se afastando, Gonsales entra rápido, fala para que eu me arrume, partiremos, pede para seu avô encilhar um cavalo para mim pergunto o que está acontecendo.

– No tenían la expresión de que irían a sus hogares, ni creerían lo que dije, el ruido de los motores detuvo a los autos en el medio del camino, deben estar pensando qué harán.[35]

Terezza volta para cozinha aonde estamos, escuta o que Gonsales fala.

– ¿Que vas a hacer? – Pergunta Terezza com expressão preocupada, Gonsales responde me olhando, fala em português, para que u entenda perfeitamente.

---

34 Convida-nôs para entrar? tomar um mate? Está muito frio.

35 Eles não tinham a expressão de que iriam para suas casas, nem que acreditarão no que falei, pelo barulho dos motores pararam os carros em meio ao carreiro, devem estar pensando o que farão.

– O rio Quaraí fica a alguns quilômetros indo pela floresta, levarei o brasileiro até o rio, de lá ele que siga seu caminho, é bom que saiba nadar, terá de atravessar o rio a nado – me aponta o dedo – mas apresentarei queixa contra você para a polícia brasileira, que responda pelo incidente com Juan, e causo a situação dele se agrave, e ele morra, responderá por assassinato. Mas não é justo que o entregue para ser linchado.

Concordo balançando a cabeça, Hortega sai para encilhar outro cavalo para que eu acompanhe Gonsales, Terezza vai ao quarto, retorna, usando um poncho de lã e chapéu, devolve meu casaco e sai atrás de Hortega, eu e Gonsales os seguimos até a estrebaria, O avô de Gonsales escolhe um dos animais, um belo cavalo, baio na pelagem e ruano nas crinas, o cobre com coxinilho, sobre esse coloca a badana de couro, por cima o basto de duas cabeças, e por cima desse um pelego, na boca do animal coloca o freio de ferro, buçal e rédeas de couro trançados, enquanto olhávamos o velho campeiro encilhar o baio ruano, Terezza encilhava outro cavalo, Gonsales pergunta bravo.

– ¿Qué crees que vas a hacer?

– Iré contigo, Camilo está en problemas por mi culpa, no te dejaré enfrentar las consecuencias solo.

Gonsales sorri debochando, olha para mim e para seu avô:

– Mira, por eso no funcionó entre nosotros, ella no confía en mí, creo que nunca lo hizo.

Terezza também sorri balançando a cabeça, com expressão de não ter acreditado no que ouviu, rebate a acusação:

– Yo, yo, yo, siempre tus problemas, tu tristeza, Terezza es cruel, insensible, no confíes en mí, no me dejes hacer lo que quiero. Nunca le impedí hacer nada, si dejaba de hacer algo, era su elección. Deja de culparme por tu tristeza. Me voy, y no tiene nada que ver contigo, me voy porque temo por la vida de Camilo.[36]

A professora dá as rédeas do cavalo que encilhou para Gonsales, e pega o animal que o sargento montava ao chegar, a fêmea, Liberdad, como Terezza a chamou, e faz o animal ir passos até a saída do galpão, que serve de estrebaria, olho para Gonsales, levanto os ombros dando a entender que também preferia que ela ficasse, mas não podíamos fazer nada.

Na verdade estava feliz por ela ir junto, por alguns instantes até sonhei que atravessaríamos o rio e iríamos para o Brasil, viver uma vida um ao lado do outro. Voltei a realidade, teria de atravessar o rio nadando, a madrugada está gelada, teria sorte de não congelar ou ter um câimbra durante a travessia, não deixaria que ela se arriscasse na travessia, mesmo se ela quisesse. Monto, cutuco o cavalo com os

---

36 Eu, eu, eu, sempre seus problemas, suas tristezas, Terezza é má, é
   insensível, não confia em mim, não deixa eu fazer o que eu quero.
   Eu nunca o impedi de nada, se deixou de fazer algo, foi por
   escolha sua. Pare de me culpar por suas tristezas. Vou junto, e não
   tem nada a ver com você, vou junto porque temo pela vida de
   Camilo.

calcanhares e sigo a professora, Gonsales faz o mesmo, visivelmente contrariado.

Passamos pelo descampado em frente a casa da estância, prosseguimos por um carreiro margeando a cerca do potreiro por alguns minutos, mais à frente o carreiro entra na floresta, úmida com o sereno da madrugada, seguimos a marcha por algum tempo, tendo Terezza à frente, Gonsales dá um trote e a ultrapassa e segue guiando-nos em meio a escura fria e úmida floresta, temos de andar a passos e guiar os cavalos com cautela, para que não enrosquemo-nos nas galhadas que adentram no carreiro, ou os cavalos escorrem no lamaçal formado na trilha pelas chuvas dos últimos dias, escuto um – hôôô – e Gonsales manda que paremos, ele fala que mais à frente passaremos por um descampado, pela hora da madrugada não devemos encontrar ninguém, mas por segurança me alcança seu poncho e chapéu, pede que eu os coloque, os usando não seria reconhecido, recuso, dizendo que com a escuridão não haveria como me reconhecerem, ele insiste, diz que usando lanterna e os faróis dos carros iluminando me reconheceriam de longe, concordo, visto o poncho, que cobre todo meu dorso além das pernas e parte da garupa do cavalo, saímos da parte mais densa da floresta para um descampado de capim a meia altura, Gonsales fala:
– Adelante hay un camino poco usado, lo cruzaremos, cabalgaremos durante otra hora por el campo y llegaremos a Quaraí, junto al río hermano, es bueno que puedas nadar de regreso a Brasil.

Escuto o sargento dando conta que ao cruzarmos a estrada que tem à frente, em pouco tempo chegaremos ao rio, eu terei de nadar até a margem brasileira, quanto a isso não me preocupava, me criei em fazenda, cavalgando a atravessando rios a nado por diversão. Preferia que houvesse outra maneira de cruzar o rio, em meu sonhos, por cima da ponte em Artigas, em despedida solene, Terezza descuidar-se em uma lágrima que borra sua maquiagem, e no último instante, decide me acompanhar ao Brasil para iniciarmos uma vida juntos. Acordo do devaneio ouvindo ruido de motores vinda pela estrada, ouço Gonsales falar:
– Mantén la calma, no reconocerán Terezza y tú usando sombrero y poncho, si se detienen,cruzan la calle y siguen trotando hacia el río, déjame hablar con ellos.
Eu e Terezza concordamos com o plano e seguimos próximo a estrada, uma camionete rural e uma kombi param próximo de onde estamos, eu e Terezza fizemos como combinado, atravessamos a estrada, Gonzales fica para atrás, o motorista da camionete rural o reconhece, grita seu nome, Gonsales para no meio da estrada, os tribulantes dos carros dessem, cinco dessem da rural e mais seis da kombi, o grupo se aproxima do sargento, de longe escuto a conversa, o que reconheceu Gonzales pergunta:
–¿No es demasiado tarde para pasear por los campos, sargento?
– O demasiado temprano, un poco más y alegra el día.

Responde Gonsales olhando o horizonte dando a entender que procurava os primeiros rais de sol, o uruguaio sorri, insiste na pergunta.

– Tarde o temprano hace demasiado frío para pasear por el campo.

– No estoy caminando, había ido a la casa de mi abuelo para ver si estaba bien, el se estaba preparando para ir a buscar un potro que huyó del potreiro, si no lo encontramos puede morir por el campo.

O amigo de Juan olha desconfiado em minha direção e de Terezza, grita!

– Sr. Hortega, ¿por qué no viene a hablar?

Gonsales responde:

– Mi abuelo está angustiado, es un potro de raza, vale mucho dinero, yo también voy, perdimos un tiempo precioso para buscar el potro.

Vejo Gonsales girar o cavalo e tocar em minha direção, um dos uruguaios corre ao lado de Gonsales, grita apontando para mim em Terezza, que esperemos, quer falar algo. Terezza me olha preocupada, faz sinal com a cabeça para que fugíssemos, eu concordo, ela toca seu cavalo e sai a galope em meio ao campo iluminada pelo luar em meio a escuridão da madrugada, eu a sigo tentando acompanhar seu galope, faz tempo que não cavalgo, não tenho a mesma desenvoltura de Terezza, ela atravessa o campo do lado oposto da estrada e se embrenha na mata fechada, parece conhecer bem os caminhos e trilhas do lugar, a acompanho, sendo surrado por galhos e cipós em meio a trilha, ainda escutando os gritos dos uruguaios na estrada, um

grito mais alto e estridente, depois ouço um disparo de rifle, preocupado com Gonsales olho para trás, querendo ver se ele nos segue, um galho bate em meu peito, arrancando-me do basto, caio sem conseguir respirar, escuto um tropel vindo em minha direção, me arrasto de lado, saindo da trilha, o cavaleiro passa em disparada ao meu lado, reconheço Gonsales, resmungo que pare, o cavaleiro sofrena o cavalo, para alguns metros adiante, retorna, pergunta o que aconteceu, em sussurro, pela falta de ar, falo que acai, ele pega meu braço e me alça para sua garupa, seguimos cavalgando em meio a trilha até passarmos por Terezza, parada ao lado da trilha em meio a floresta, ela nôs chama ao passarmos próximo de onde está, Gonsales diminui o trote, Terezza cavalga até onde estamos, pergunta o que houve, falo que bati em um galho, ela acende a lanterna, clareia meu peito, pergunta se me machuquei, balanço a cabeça que não, ela clareia à frente, desliga a lanterna, pergunta a Gonsales se é seguro seguirmos até o rio pela trilha que estamos, o sargento faz expressão de dúvida.
– Están conduciendo, saben que iremos al río, probablemente irán por el camino a las orillas del Guaraí para esperar a que lleguemos.
– Vamos voltar, pegamos a trilha velha em direção a Paysandu, cavalgamos alguns quilômetros, em direção à desembocadura do Guaraí, no rio Uruguai, lá não tem estrada na beira do rio, não poderão seguir-nos.
Gonsales pensa por alguns instantes, concorda, pede que eu desça do cavalo, fala para

esperarmos, ele vai retornar ver se ninguém nos segue pela floresta. Antes que ele vá, pergunto o que houve na estrada, ouvi gritos e disparos de espingarda. Ele responde que um dos que está me seguindo corria ao lado de seu cavalo, quando viu que eu fugia levantou o rifle para atirar, temendo que ele acertasse o tiro em mim ou Terezza, girou o cavalo e o ferrou com a espora, fazendo o cavalo dar um coice para trás, acertando braço e ombro do atirador, que disparou a esmo e caiu no solo aos gritos. O sargento faz expressão preocupada, fala:
– Espero no haberle roto el brazo al chico.
– Melhor que ele tenha quebrado o braço, que tivesse atirado e ferido a mim ou a Camilo.

Responde Terezza, parecendo pouco preocupada com a saúde do atirador. Eu apeio do cavalo, não consigo evitar, emito gemidos de dor, sinto como se meu peito estivesse partido ao meio, Terezza também desmonta, pede que eu abra a camisa, clareia com a lanterna, faz expressão de preocupada, eu olho meu peito, onde bati contra o galho, a camisa está suja com sangue, e no peito um calombo roxo, que se estende por cima de ambos os mamilos, ela toca o ferimento, tento sufocar o grito, coloca a mão em meu rosto, faz expressão de preocupada.
– Está com febre, não vai conseguir nadar desse jeito, temos de colocar um emplasto sobre o ferimento e te dar algo pra febre.

Olha em meus olhos com ternura, não um olhar de amante, igual olhava-me enquanto nôs

amávamos, agora um olhar carinhoso, pergunta em meio a sorrisos:
– Não consegue ver em seus Déjá vus, se vai conseguir atravessar o rio sem problemas?
– Acho que o sonho da noite passada terminou no momento em que quase foi esfaqueada por Juan.

Respondo, e me dou conta que depois do acidente com Juan, não mais tive nenhum Déjá vu, talvez o sonho da noite passada tenha acabado no exato momento em que salvei Terezza, e essa tenha sido a razão pela qual eu me recordava dele, mais um mistério do solstício de setembro, um dia mágico para diversas civilizações, um dia de transformação, segundo Terezza, de renascimento. Terezza me observa querendo adivinhar o que penso, parece ter conseguido.
– Se o sonho foi o meio usado pelo destino para me salvar a vida, que sorte, eu, nós tivemos.

Concordo, sorrio, além de tudo lê pensamentos, penso baixo, com medo que ela o escute. Antes, escutamos trote de cavalos, saímos da trilha e nôs escondemos, Terezza reconhece o vulto de Gonsales, traz junto meu cavalo puxado pelo cabresto, para perto de onde estamos.
– Encontré su caballo cerca de la carretera, regresaba al estância de Terezza, es bien domesticado por mi abuelo, incluso si el jinete no puede alcanzarlo, no lo abandona.

Terezza sorri do comentário, me sinto constrangido, Terezza percebe e me defende.
– Camilo caiu do cavalo não foi por imperícia, mas por não conhecer essas trilhas, bateu o peito contra

um galho, o ferimento causou febre, temos de ir há algum lugar para que seja medicado.

– ¿Como esta? Puedes montar

Pergunta Gonsales, respondo que sim, me agarro com ambas as mãos no basto, mesmo sentindo dor intensa no peito, forcejo até conseguir montar, Terezza vai à frente, eu a sigo, o sargento vem logo atrás, voltamos por onde viemos, passamos próximo à casa do avô de Gonsales, seguimos pela floresta em direção a Paysandu, Terezza pede que Gonsales vá até a casa de Hortega e consiga unguentos e remédio para febre, nós os esperaremos na cabana da invernada, Gonsales sorri ao ouvir o nome.

– ¿Todavía sabes dónde está la cabaña de invernada?

Pergunta em tom irônico.

– Ainda é minha, essa estância, por que não saberia o que tem no que é meu.

Responde a uruguaia com truculência, em resposta ao comentário do sargento, ele grita e cutuca seu cavalo com as esporas, fazendo o animal sair em disparada. Terezza pede que a siga e continuamos a marcha em meio a mata fechada por algum tempo, até entrarmos em um descampado, a invernada, no meio do campo em baixo de uma ilha de árvores de distintas espécies, a cabana da invernada. Local para descanso e refeição dos peões, quando trazem o gado e cavalos para essas pastagens. A porta dá acesso a um cômodo, onde fica sala, cozinha, também o dormitório, tem uma cama, tudo no mesmo ambiente, do lado oposto a porta de entrada, outra porta, dá acesso à área de serviço,

onde se guarda as traias de montaria, e onde fica o banheiro. Terezza clareia com a lanterna, acende um lampião em cima da mesa, ilumina o ambiente, sacode o forro de cama, pede que eu deite, vai ao fogão, acende o fogo, coloca água para esquentar, em um varal próximo ao fogão, pega alguns ramos de erva, de botão amarelo, macera com a mão dentro do recipiente com água, espera ferventar, serve uma caneca e me alcança, eu bebo um trago da bebida, mais amarga que vida de pugilista em fim de carreira, reconheço o amargo, bebi muito desse chá, de losna, quando era criança, feito por minha mãe, que servia avisando que tinha de beber tudo de um gole só, ou faria com que o bebesse a chineladas, Terezza não é tão exigente, permite que beba o chá em goles, embora ache que minha mãe tinha razão, bebendo tudo de uma só vez, o remédio parece menos amargo, bebendo aos tragos, após o primeiro gole fica difícil conseguir ingerir o segundo. A professora sorri, parece adivinhar o que penso.
– Se beber tudo de uma única vez vai ser mais fácil.

Adverte a professora, sem me ameaçar com chineladas, concordo sorrindo, prendo a respiração e dou o gole final, seguro a ânsia que segue, ela pede que deite um pouco, o chá logo vai fazer efeito e baixar a febre, obedeço, deito por alguns instantes, ouço um galope, é Gonsales chegando, ele entra, mostra um tubo, parecendo com os de pasta de dentes tamanho família, é um unguento de uso veterinário, para torções em cavalos, muito eficaz em humanos, Terezza passa a pasta em meu peito sobre a luxação, enrola uma faixa de pano sobre a pancada, aproveita e passa um pouco em minha testa, aonde há um galo roxo, devido a pancada que o sargento me deu durante a luta, o unguento esquenta meu peito e cenho, ficando desconfortável estar deitado, me sento, pergunto ao sargento se viu os amigos de Juan pela estrada, ela faz sinal que não.

– Te buscan junto al río, creen que nadarás cruzando el río hasta Brasil.

Estão certos, respondo, olhando para Gonsales e Terezza, o sargento repuxa a pele do rosto em expressão de dúvida.

– Quizás, pero te buscarán cerca de Artigas, iremos más lejos hacia Paysandú, no podrán patrullar toda la orilla del río.

Capítulo Oito.

Os cancioneiros.

Terezza revira um velho armário até encontrar o que procura, uma cuia de chimarrão e erva, junto encontra um caderno e canetas, fala em tom de nostalgia.

– Lembra quando vinhamos brincar aqui?

– Brincamos de muitas coisas aqui.

Responde com malícia Gonsales, a professora o olha com cara de poucos amigos, mostra as canetas e o caderno, o sargento levanta os ombros, como quem diz não ter entendido a pergunta, eu observo a discussão, entendi a resposta, embora já tenha percebido que Gonsales e Terezza tinham um caso mal resolvido, e muitas memórias, de um amor terminado iguais tantos, por um mal entendido qualquer, esse tipo de comentário me incomoda, e ele o faz para que me incomode, para que eu saiba, se eu tive uma noite de amor com Terezza, ele teve inúmeras. Terezza percebe o mal estar provocado pela insinuação de seu antigo noivo, pega as canetas e o caderno, arranca algumas folhas, alcança algumas para mim outras para Gonsales, eu pergunto qual será o jogo, ela responde:

– Uma competição cancioneira, cada um compõe um poema, e vemos qual de nós tem mais talento.

– E quais as regras, tema, simetria... – pergunto interessado, sempre gostei de poemas.

– Não tem regras nem tema específico, mas, em caso de empate, pode ser utilizado a rima e simetria como desempate.

125

– ¿Y qué gana quién hace el mejor poema?

Pergunta Gonsales, a professora me olha.
– Quem fizer o melhor poema terá direito de fazer um pedido a cada um dos perdedores.

Responde a professora, eu e Gonsales concordamos, o sargento leva sua cadeira para próximo da mesa, eu e Terezza fazemos o mesmo, e cada um começa a rascunhar seu poema de tema livre, sem regras, e valendo um pedido que teria de ser atendido pelos perdedores.

Caso ganhe, o que pedirei a Terezza? Que abandone toda sua vida no Uruguai e vá comigo para o Brasil, pelas regras que ela mesmo criou, teria de realizar meu desejo, porém, considero, não seria justo pedir algo dessa natureza a mulher com quem sonho compartilhar uma vida. De qualquer maneira antes tenho de compor o melhor poema, e Gonsales demonstrou ter conhecimento da brincadeira, além da de todo o conhecimento histórico de Terezza, não seria fácil compor algo para competir com ambos.

Me concentro tento buscar inspiração, olho para musa que cobiço, e começo a escrever minha ode. Passamos alguns minutos cabisbaixo, cada um buscando sua inspiração e argumentos, Gonsales foi o primeiro a terminar, fiquei preocupado, eu tinha escrito apenas três estrofes, divididas em sexteto, procuro manter uma certa simetria, não tão perfeita quanto a de grandes mestres, mas que não faça feio aos olhos dá professora, ela também termina sua obra, ambos aguardam que eu conclua para iniciarmos as declamações, enfim consigo finalizar minha, eu e Gonsales pedimos que Terezza seja

primeira a recitar, ela limpa garganta, Gonsales pede que espere, vai a área de serviço, volta trazendo um velho violão, senta, procura a afinação, pergunta em qual nota ela quer o acompanhamento, Terezza faz sua irônica expressão de paíê Guarani e entona a voz de payador uruguaio.
– Castiga as bordonas e ponteia as primas nas pausas.

Eu e Gonsales gargalhamos da voz e postura de Terezza, Gonsales executa o acompanhamento em Dó, num ponteio choroso, fazendo contraponto em Mi, enquanto Terezza declama seu poema com voz grave de payador uruguaio:

– Meu Poema se chama Utopia.

Pouco importa a utopia, política ou a religiosa
Tudo misturado vale menos que o chá da losna
Que na medicina campeira tem a sua serventia
Já toda essa conversa deixam as mentes vazias
Filósofos e intelectuais do alto de seus cabedais
Da cultura e política consideram-se os cardeais.

Não sabem que o fel da losna é o mesmo absinto
Cura verme baixa a febre digo isso e não minto
Mais todos os utopistas pais dos pobres eles são
Depois da massa enganada é apenas deles o pão
Humanistas socialistas os demais istas que achar
Não se engane, peneirados nenhum vai pro altar.

Vendo esses conselhos, dados ninguém os quer
Iguais aos remédios amargos dosados na colher

O ingrato maldiz a erva que lhe cedeu o seu fel
E bendiz a toda mentira adocicada igual ao mel
Se macerar toda utopia a bordoadas de manguá
Garanto nada será curado com o caldo que sobra.

Finalizando esse enredo de fúnebre milonguear
Entre vivos e finados pai de pobres não vai achar
Nem campeando de lanterna clareando todo mundo
Essa é a grande mentira que nos levou para o fundo
Todos sabem que há coisas que só fazemos as sós
Daremos poder a outros de fazerem o que cabe a
nós?

Um último conselho, dos que só damos aos irmãos
Não deixe que outros façam o que é vossa obrigação
Nunca devam favores a esses políticos e populistas
Criaturas sorridentes prontas pra lhe furar as vistas
Creia no que falo, não é fruto da minha imaginação
A cada centavo emprestado lhe cobrarão um milhão.

  Gonsales sorri e debocha a poema de Terezza:
– Incluso en una broma[37], critica lo que no está de acuerdo con su punto de vista.
  Terezza faz pouco-caso da crítica, rebate:
– Son los folkloristas los que se están metiendo en política, solo los estoy imitando y defendiendo al lado opuesto.
  Escrevo minha nota para o poema de Terezza em um papel e a coloco no meio da mesa, virado para baixo, Gonsales faz o mesmo, pega seu poema e o entrega para Terezza.

---

37 Brincadeira

– Este poema lo bauticé como Mujeres de cuento de Hadas. Escribí en portugués para facilitar la comparación con otros, le pido a Terezza que lo declare, haré un seguimiento de la guitarra.

É um espertalhão, sabe que Terezza não gosta de portunhol, se irrita com pessoas inventando palavras que não existem em Espanhol nem em português, se ele recitasse seu poema por certo o faria em portunhol, para não perder pontos com a professora, pede que ela o declame, Terezza pega o poema, lê uma vez antes de recitar, balança a cabeça em sinal de aprovação, e inicia a declamação, porém sem fazer cena, com sua voz melodiosa:

– Peço que me escutem e prestem muita atenção
Vou narrar em versos o drama de uma civilização
O princípio, o gênesis, de uma rainha e seu povo
Explico bem devagar precisando explico de novo
Mas antes saibam, também sou filho destas terras
Tetraneto de Guarani os mais temidos nas guerras.

Sangue mesclado com os vindos de Aragão e Castela
Talvez olhando meu sangue enxerguem além da
Ibéria
Vejam as terras do oriente dos berberes e dos
fenícios
Onde Alyssa, seria a rainha não apenas por caprichos
Dido[38] fundou Cartago e foi a sua primeira imperatriz

---

38 Dido filha do rei de Tiro Mattan I, seu marido Sicheus é
    assassinado por cobiça pelo seu irmão, Pigmalião. Dido foge
    temendo também ser assassinada.

A Jarbas deu um coro em finas tiras[39] essa foi a
matriz.

Com o coro cercou as terras onde construiu sua Birsa
Dido resolveu a equação[40] tornando-se a rainha
Alyssa
A Cartago de berberes e viajantes é a pérola do
oriente
De Troia Júpiter dita Eneias[41] o herói de sangue
quente
Eneias corteja Dido, a rainha por amor, é aprisionada
Igual a toda mulher, Alyssa, queria amar e ser
amada.

Júpiter envia a Mercúrio, que leve seu herói a Roma
Eneias acata o mando e abandona a mulher que ama
Dido desconsolada tira a própria vida pelo seu amor
Assim nasceu Cartago, dessa horrenda trama de dor
Os frutos desse amor renderam os heróis de Cartago
Amilcar Barca em guerras contra Roma fez o estrago.

Por legado deixou na Espanha o filho que escolheu
De Cádis Hanibal de elefantes atravessa os Pirineus
Hanibal de Cartago que tinha à Ibéria por sua madre

---

39 Pela lenda, Jarbas disse que Dido teria direito a toda a terra que
conseguisse cobrir com o couro de um boi, ela cortou o couro em
finas tiras com o qual cercou as terras onde construiu Cartago.
40 Equação de Dido: Dado uma curva de comprimento finito, qual é
a forma que está curva deve ter para que sua área seja máxima.
41 No poema de Virgílio, Eneias é o fundador de Roma, na viagem
de Troia a Roma, naufraga próximo a Cartago, é acolhido por
Dido, ambos se apaixonam. Jupiter envia Mercúrio para lembrar a
Eneias de sua missão.

Eternizou-se por não ser dos romanos um compadre
Depois Iberos e cartagineses aos Godos se mesclaram
Na Ibéria, germanos e árabes, amaram e se odiaram.

De Alarido[42] a Don Rodrigo[43], restou Isabel I de
Castela
Chegaram ao novo mundo, foi graças a coragem dela
De castelãnos e guaranis mesclou-se uma nova raça
Mestiços, iguais a tantos, eis-me aqui cheio de graça
Das missões, dos jesuítas, restou o comunitarismo
Disse um hermano, isso nada mais é que altruísmo.

Terezza faz expressão de que gostou do poema, mesmo assim debocha:
– Foi buscar longe o tema para seu poema folclorista, nem eu que sou professora de história me recordava da lenda de Dido.

Um bonito poema folclórico, difícil de ser batido pelos meus versos sem tanta informação histórica, Gonsales deve ter estudado isso tudo com Terezza, uma ponta de ciúmes me aperta o peito. Dou minha nota ao poema de Gonsales, coloco no meio da mesa, Gonsales pede se quero que ele faça o acompanhamento, respondo que não e peço que me alcance o violão, eu mesmo vou dedilhar algumas notas, mais melancólicas, quem sabe valorizar um pouco mais o poema na interpretação, inicio dedilhando o violão.

---

42 Alarico I primeiro, rei dos Godos, os levou para Espanha.
43 Don Rodrigo, considerado último rei dos Godos, perdeu a guerra contra os Mouros, embora tenha restado outros reinos de descendência Goda na Espanha, inclusive os de Aragão e Castela.

– Batizei esses versos de Pampa Perdido:
Dos verdes Pampas da minha longinquá infância
No cinza da cidade o coração escondendo a ânsia
De retornar para um sonho há muito já esquecido
Por onde procurar o verde Pampa do elo perdido?
Sou um dos tantos mestiços Kaingângue Europeu
Que por muito andar e andar sua origem perdeu

Sei que além da Ibéria também meu passado está
Das tribos do norte Saxões ou Suevos vieram de lá
Aos pagãos devoradores de homens se encontraram
Botocudos e germanos aqui também se mesclaram
Mescla baguala gerou homens iguais ao que lamenta
Que sem um norte a sorte incerta, é que o sustenta

Antes da minha sorte incerta ser no futuro lançada
Depois de alçada não a perca junto a veloz manada
Lhe marco a ferro seu couro e deixo que corra ligeiro
Adorno seu colo com reluzente e barulhento sincero
Não lhe perco e todas saibam que tem dono essa
sorte
E troteando sólita além do horizonte encontre o
norte

Adiante quando em um porto seguro à sorte ancorar
Junto ela traga a linda donzela com a qual partilhar
De que vale todo o luxo a riqueza a fartura na mesa
Se a mais linda que adorna meus dias com sua beleza
A valquíria de pele morena cheirosa à flor de açucena
A mais bela etnia da Ibéria ou da África essa morena.

E por sorte encontrada a riqueza e no amor a verdade
O elo perdido do Pampa esquecido restará a saudade
Assim é a vida de eternos solstícios dos dias
pequenos
E as noites mais longas enluaradas de ventos amenos
Se nas madrugadas mais longas à saudade vier visita
A receba e a sirva na mesa que em pouco o sol
voltará,

Terezza expressa que gostou dos versos, aplaude, comenta, torcendo o nariz, talvez por ciúmes:
– Então tem uma morena o esperando no Brasil?
Balanço a cabeça que não, na verdade a morena é a mulher que perdi quando me envolvi no romance com a professora de jazz, mãe de meu aluno de boxe. Gonsales demonstra não ter gostado do comentário ciumento de Terezza, repuxa a pele do rosto em uma expressão de ter achado mais ou menos o poema, a professora reclama:
– Não é justo, parece que ambos combinaram o tema, sobre a história da colonização da América, apenas eu destoei do tema, para ser justo, tenho de escrever outro poema dentro do mesmo tema.
Eu concordo, Gonsales diz ser desnecessário, pois não seria julgado o tema, Terezza insiste que ficará em desvantagem, pois seu poema destoa do nosso, Gonsales acaba cedendo, aguardamos mais alguns minutos até que a professora escrevesse um novo poema, dentro do tema que involuntariamente eu e Gonsales definimos, embora que se eram poemas de folclore, do que mais falar além de

história? Para alguns pajadores brasileiros, uruguaios e argentinos, iguais a Terezza, poemas folclóricos só rimam com política. Terezza termina seu poema, fala que o fez em forma de soneto, para o fazer mais rápido, mostra seu soneto para mim e Gonsales, pergunto se quer que lhe acompanhe com o violão, ela pisca para mim e concorda acenando a cabeça, eu dedilho as cordas de aço enquanto a professora recita sua ode.

– Cortez[44] e Pizarro[45] vieram e conquistaram
Do novo México ao vice-reino do Peru
A mando de Isabel de tudo se apossaram
Da Cusco dos Incas as terras de Yapeyú[46]

Quichuas e Guaranis foram irmanados
Nas reducciones pelo cálice sagrado
Na Sacramento oriental do rio da prata
O valor da lata os Guenoas desprezaram

Os filhos de Pirá[47] nas reducciones castelãnas
Sepé e Ñhenguirú fizeram o grande drama
Dos invasares não se fizeram compadres

Na guerra guaranítica honraram a Pirá
Dos Tupinamba é a grande madre

____

44 Conquistou o golfo do México por volta de 1520.

45 Conquistou o Peru por volta de 1524.
46 Uma das trinta reduccione guaraníticas da bacio do Prata, essa localizada em Sacramento, atual Uruguai
47 Mãe da tribo Tupinamba dos Tupi Guarani

E a oriental Sacramento do Uruguás[48]

É o Uruguai, Quizás.

Escuto atento ao soneto da professora em sua voz melodiosa, que por si só valeria nota máxima, e mesmo não tendo compreendido o soneto inteiramente, dou nota máxima, Gonsales enrugando o cenho e puxando os cantos da boca, esboça expressão de não ter ficado muito entusiasmado, dá sua nota e coloca no centro da mesa. Terezza mistura as notas para que não se saiba de quem é, embora fosse facilmente identificado pela letra, lê em voz alta mostrando o papel e anotando a nota de cada poema, soma as notas, faz cara de suspense, e aponta para mim:
– Parabéns Camilo, seu poema ganhou o concurso, tem direito ao grande prêmio, pode fazer seu pedido.
Fiquei surpreso com o resultado, mas prestando atenção nas expressões de ambos os concorrentes, foi fácil saber porquê ganhei, os dois deram nota melhor ao meu poema, para que nenhum dos dois ganhassem. Querem saber qual é meu pedido, não sei o que pedir, talvez para que Terezza vá comigo para o Brasil, e desculpas a Gonsales, por levar embora a mulher que ama, mas essa não seria a melhor hora para um pedido desses, e nem justo com Terezza, digo apenas que pensarei um pouco mais sobre o que pedirei a cada um. Gonsales faz

____

48 Rio Uruguás, rio dos caracóis em Tupi-guarani, que deu nome ao
    Uruguai.

expressão de tanto faz, Terezza coloca a mão em meu rosto para sentir a temperatura, sorri:

– O chá que lhe dei já fez efeito, a febre baixou.

Aceno a cabeça que sim, já me sentia melhor, a dor no peito estava menos intensa, Gonsales resmunga:

– Si ya es mejor, podemos ir al río antes de que esos fanáticos del partido Colorado nos encuentren.

Capítulo Nove.

Montei no baio que havia me derrubado uma vez está noite, mas como disse Gonsales, é um bom cavalo, bem domado, minha queda não foi sua culpa, Terezza monta sua Libertad, uma fêmea de pelagem gateada, que era montada por Gonsales, mas pelo visto a professora tem mais carinho pela bela fêmea, que quem a montava. Gonsales monta no cavalo encilhado por Terezza, igual ao meu, também de pelagem baia, um pouco mais escura, os uruguaios o chamam de cabos negros, devido a crina e cola serem negros. Terezza vai à frente, parece conhecer bem esses caminhos, eu e Gonsales a seguimos a passo, lado a lado, ele me pergunta por que eu luto boxe, respondo, mais acredito que ele já soubesse a resposta, é um esporte que quase não se tem custo, e se for muito dedicado, se consegue ganhar algum dinheiro, é o esporte mais praticado por jovens, proletariados, como diriam os amigos de Juan, do partido Colorado uruguaio. Nas regiões das fronteiras, Brasil Uruguai e Argentina, jovens sonhando em sair da pobreza se destacando como pugilista.

Falamos sobre as melhores lutas que fizemos, e as piores, os resultados contestáveis, inclusive sobre o da nossa luta, um resultado difícil de acontecer, empate, tem cinco juízes pontuando, notas de oito a dez, é quase impossível dois pugilistas conseguirem a mesma nota final, embora nosso empate tenha sido um acordo, ambos concordamos que havia sido o melhor resultado para a luta.

Falamos sobre o passado, também nisso eramos parecido, igual a mim cresceu em estâncias, o pai morreu quando ele ainda era jovem, foi criado pelo avô, peão da estância dos pais de Terezza, e igual a mim, também foi para cidade grande tentar a vida como pugilista. A partir dai teve mais sorte que, embora nunca tenha ganhado nenhum título importante, ficou noivo de Terezza, ela fez com que se inscrevesse para vaga de policial em Artigas, onde alcançou o posto de sargento.

Eu ganhei um título, que por algum tempo manteve aceso o sonho que iria ser reconhecido e ganharia um bom dinheiro no esporte. Pensando bem, ter ganho o título talvez tenha sido minha perdição, se não o houvesse ganho, igual a Gonsales, teria me dedicado a outra profissão mais cedo, também tive uma Terezza, Carla, em minha vida, que me dava bom conselhos e tentou me colocar em um rumo melhor, mais o título ganho me fez acreditar que meu futuro era muito maior do que o futuro que ela queria pra mim.

Terezza para, espera chegarmos perto, olha para ambos com expressão de quem não acredita no que ouve, nós reprende:
– Vocês são piores que lavadeiras, se conhecem a poucas horas e parecem amantes de longa data, partilham toda suas vidas um com o outro.

Eu e Gonsales nos olhamos, sem entender a razão da bronca que levamos, da nossa branca de neve, levanto e deixo cair os ombros, sinal que não

entendi o motivo da professora nôs chamar a atenção, ele também faz expressão que não tem a menor ideia, ela toca sua fêmea gateada e segue resmungando:
– Inacreditável, há poucas horas eram adversários, se matando em cima do ringue, agora são amiguinhos de infância, viverei mais cem anos e não os entenderei.

Nôs olhamos, eu resmungo – e ela acha que a entendemos? – Gonsales escuta e ri alto, percebemos Terezza sofrenar o cavalo tentando escutar a razão dos risos.

Depois passamos a falar sobre coisas mais úteis, cultura, os cantores mais relevantes da atualidade, na modalidade folclórica é claro, também os poetas e pajadores, é impressionante, mesmo morando em países distintos, conhecíamos os mesmos cantores e poetas, e por final, política, tema sempre controverso, principalmente porque durante a luta, fui apresentado como o proletariado, e ele como a elite opressora, algo impossível, pois ambos crescemos e vivemos quase da mesma forma, como sempre, a velha política distorcendo fatos e personagens para beneficiar-se, aonde possa, comento com Gonsales:
– Uma coisa aprendi com isso tudo. Não importa qual seja o conceito distorcido que tenha a respeito desse emblólio político todo, nunca vai ser tão distorcido quanto o próprio emblólio político em que tentam te enredar.

Gonsales sorri, balançando a cabeça em concordância, fala:

– La verdad es única e indiscutible, todos queremos y necesitamos asegurar formas de sobrevivir y mantener a los miembros de nuestra familia. Si el sistema capitalista te favorece, entonces eres capitalista. Si tienes más ventajas con los socialistas, entonces serás socialista. ¿La utopía? Al igual que el criminal que se convierte en cristiano en la cárcel, solo sirve para disminuir la culpa que puede tener.

Terezza diminui o passo e olha para trás interessada no rumo que conversa tomava, política, sempre interessa a professora de história, segundo Gonsales, uma defensora incondicional do livre comércio e da mínima intervenção do Estado na vida das pessoas. Segundo a própria professora, defende o liberalismo econômico, por ser a forma mais justa de distribuição de renda, tudo mais, uma grande mentira utópica. Ela não pode resistir de faze a pergunta:

– E onde se encaixa toda essa utopia comunitarista que os poetas que ambos admiram tanto exaltam ?

Eu e Gonsales sorrimos do questionamento, a professora segue nos olhando querendo uma explicação melhor, eu tento explicar o que eu entendo por comunitarismo, igual a tudo na vida, a outros que pensam de outras formas.

– Gonsales em seu poema, na competição cancioneira, citou o último verso de outro poema, que eu havia declamado antes. Eu, acredito que seja exatamente o que está escrito no verso, comunitarismo, é boa vontade, é sensatez, é altruísmo, coisas que não necessitam de política, campanhas, ou programas de governo para que as pessoas façam, atitudes que tomamos por ser a coisa certa a ser feita, ajudar a quem tem menos. Essa era a mensagem dos jesuítas, nada mais que um ensinamento que está na bíblia.

Gonsales sorri com os cantos dos lábios, ironizando a professora e demonstrando que concorda com meu raciocínio. Terezza repuxa o canto dos lábios, franze a testa, encorporando seu personagem sátiro de payê e payador.

– "E depois vieram os lusos, os negros, os
castelhanos,
E nos pagos campejanos, novas normas, novos usos...
As violências e os abusos da Ibéria, Castela e Lácio
Que rasgaram o prefácio e mataram as plegárias
E as ânsias comunitárias dos irmãos de Santo
Inácio".[49]

Tudo é tão bonito em sextilhas rimadas de um pajador, mas não fala que quem trouxe os irmãos de Santo Inácio às Américas foram os Espanhóis, e que antes da chegada deles, os Tupi Guarani, eram os opressores das demais etnias do Sul da América do Sul, e que os Jês, devoravam seus adversários, e que todos se beneficiaram com a chegado dos espanhóis e portugueses, Iguais espanhóis e portugueses se beneficiaram quando Lácio,[50] Latiun, os romanos, e cartagineses colonizaram à Ibéria. Tudo o mais é choradeira sem sentido. Quem sofreu abuso dos

---

49 Trecho do poema, Payada, de Jaime Caetano Braun
50 Região central da Itália, onde se localiza Roma.

Lácio, foram espanhóis e portugueses, e ninguém os ouve reclamando dos romanos.

Não conseguimos resistir, gargalhamos alto, sem medo de sermos descobertos pelos colorados amigos de Juan, que não fazem ideia de quem seja santo Inácio, mas pregam uma utopia parecida, porém, com uso de violência para se chegar aonde os jesuítas chegaram com paz e amor, algum deles sendo devorados, como disse a professora, pelos ferozes Jês, botocudos. Terezza não se importa com as risadas, sorri junto, depois muda de assunto, me pergunta sem rodeios:

– E você Camilo, já decidiu o que vai fazer da vida quando voltar ao Brasil? Vai seguir lutando boxe?

Penso por alguns instantes, não na decisão, estou decidido, vou iniciar uma nova carreira, uma nova vida, ainda não sei como farei isso, não me preparei para o fim da carreira de pugilista, não sabia qual rumo seguir, mas não queria me expor dessa maneira para Terezza. Que vale um homem sem um futuro? É desta forma que me sinto, um homem sem futuro, sem perspectiva, respondo o que toda professora gostaria de ouvir, que voltarei a estudar, terminar o ensino médio, quem sabe fazer uma faculdade. Ela sorri:

– Exatamente Camilo, é isso que tens de fazer, se especializar em algo, buscar conhecimento, no começo vai ser difícil, faz tempo que parou de estudar, porém depois de voltar verá que não mais vai querer parar.

Eu concordo acenando com a cabeça, sem muita convicção, isso tudo é muito bonito, como projeto de vida, mas para colocá-lo em prática as coisas não tão fáceis. Ter de retornar ao zero, depois de ter me dedicado tanto a uma profissão, como me dediquei ao boxe, não é fácil. Imagino que seja igual a um cirurgião experiente, ter de abandonar a profissão e voltar a estudar no primeiro semestre em outra profissão qualquer, é como me sinto, um especialista que vai abandonar sua especialização para iniciar outra, iniciando como aprendiz. Alguns dirão – se é um especialista por que não ganhou um título mundial? A resposta é simples, se destacar em uma atividade onde apenas um será campeão do mundo, requer mais que ser especialista. Mesmo assim poderia seguir com o boxe, em vez de lutar, ser professor. Isso não me entusiasma em nada, conheço dezenas de professores de boxe enterrados no fundo dc acadcmias c cm dívidas, sonhando, igual ao meu treinador, em encontrar um supertalento, que chegue até onde não chegaram. Não é o que eu quero para meu futuro, se for para mudar de profissão, essa é hora, trinta anos, ainda há tempo de construir outra carreira e ser melhor sucedido.

Terezza faz seu cavalo andar mais lento e segue a meu lado, Gonsales toma a dianteira, mesmo na escuridão a sinto me observando, querendo adivinhar meus pensamentos, faz menção de que vai falar algo, muda de ideia e segue calada, ouvimos Gonsales:

– Conseguem ouvir o barulho das águas correntes do rio Guaraí?

Presto atenção aos sons, tentando identificar o que Gonsales falou, então o escuto, parecido ao som de uma concha, que se coloca no ouvido, e ouve-se um som abafado, alguns dizem parecido ao som do mar, mais alguns instantes e escuto as água chocando-se contra seu leito, sorrio, sinto-me aliviado, ficarei livre dos malucos que querem me linchar, por um acidente no qual não tive culpa, nem intenção, também tristeza, chegava momento que teria de despedir-me de Terezza, provavelmente para sempre, Terezza fala entusiasmada:

– Está quase em casa Camilo.

– É!

Respondo sem a mesma empolgação, ela percebe.

– Não parece muito feliz?

Olho para a silhueta de seu rosto em meio a escuridão, penso e declarar-me, dizer que a amei desde antes de conhecê-la, quando sonhei com ela à noite passada, mas Gonsales está a poucos metros, e ele também a ama, tanto quanto eu, embora tente negar para sí mesmo. Tento ser mais diplomático.

– Acho que já sinto saudades..., dos amigos que tenho aqui no Uruguai.

– É verdade, também sentirei saudades.

Responde a professora, Gonsales, mantém o passo do cavalo, sem falar nada, o som das águas do rio aumenta de intensidade, penso em uma maneira de falar algo mais romântico para Terezza, ocorre-me uma ideia:

– Essa situação daria um bom poema folclorista.

– E como seria esse poema Camilo?

Pergunta Terezza. Com sua voz sarcástica de payador e paîé Guarani, penso por instantes, compondo algo de improviso, como se ainda estivéssemos na competição cancioneira. Declamo como se fosse uma trova, ou desafio de pajadores, versos compostos de improviso:

– Atravessei o rio Quarai em pelo montado
De lado a lado fui levado pelo baio ruano
Regalo da mais linda flor de Sacramento
Que por uma noite a amei e não lamento.

À noite mais longa o solstício de setembro
Noite fria de agonia, um entrevero acontecia
Pela fatal e mais bela flor da curunilha oriental
Sem temer as incertezas do futuro que viria.

Apostei tudo, do nada que levava
Pois a incerteza do futuro me aguardava
Pra que guardar o nada pra depois?

Se a dois, é sempre melhor que só
Nem sinta dó, desse meu lamentar
Pois se algum dia alguém perguntar.

E a uruguaia?

Direi, se afastaram os nossos caminhos
Se até o João de Barro as vezes fica sozinho
Imagine eu! Que nem sei fazer um ninho.

Terezza aplaude e comenta.
– Por acaso, a uruguaia, flor da curunilha oriental, seria eu? Por que não flor da maçanilha? São mais

belas, mais cheirosas. Nem sei qual o perfume da flor de curunilha.

– Huele a olor a escarabajo.[51]

Responde Gonsales, em sarcasmo, desmerecendo minha escolha na folhagem escolhida para homenagear Terezza, não sei porque me veio essa flor à cabeça, acho que apenas para rimar, poderia a ter a comparado a flor de maçanilha, mas ela mesma já havia ironizado os poemas comparando as mulheres a flor da maçanilha, a voz de Terezza me chama à atenção:

– Não sabia que a flor da curunilha é fatal.

– Es tóxico, a este respecto es similar incluso al homenajeado.[52]

Gonsales se intromete novamente na conversa com seu comentário sarcástico. Terezza rebate, em deboche faz careta, imitando a expressão de Gonsales, com a voz grave de payador:

– Terezza no es fatal, es tóxico y amargo al igual que el té de gusano.[53]

Gonsales gargalha debochando do cometário da sua ex noiva, ela não dá atenção ao seu deboche e prossegue conversando comigo:

– Gostei do poema, o escreveu em forma de soneto, daria para fazer uma música folclórica.

Respondo em tom de lamento:

– Daria, mais em Porto Alegre músicas folclóricas, da fronteira, não fazem muito sucesso, quase ninguém as conhecem. Há poucos lugares onde se pode ouvir

---

51 Cheira a besouro fede fede.

52 É tóxica, quanto a isso é parecida mesmo com a homenageada.

53 Terezza não é fatal, é tóxica e amarga igual ao chá de losna.

esse tipo de música, como em qualquer outra capital, escutam Rock in Roll ou MPB.

Terezza tenta me consolar:

– É, no Uruguai e Argentina também são poucos os lugares que tocam esse tipo de música. Mas sempre tem os que gostam, eu gostei.

– Gostou porque fiz para você, pois vive zombando desse tipo de poema.

A uruguaia sorri alto, quase uma gargalhada, a peguei mentindo, ela se defende:

– Gosto de verdade, mas faço críticas, igual faço de tantas outras coisas, e minha imitação de paîé payador, só pode ser interpretada imitando poemas folclóricos, e é minha melhor interpretação, meus alunos adoram. Mudando de assunto, já decidiu o que vai pedir para mim e Gonsales?

Me recordo que havia ganho o concurso de cancioneiro, ainda não fazia ideia do que pedir, falo em tom de brincadeira.

– Talvez eu lhe peça esse cavalo, para fazer jus ao poema, e atravessar o Quarai montado nele.

– Não estaria certo, no poema disse ser o cavalo um presente da flor de Sacramento, não ganho em jogo. Para que faça jus ao poema, eu lhe dou o cavalo, sem que me peça.

Terezza fala com autoridade, não me deixando alternativa, embora não soubesse o que fazer com o cavalo, em algumas horas pego o ônibus na rodoviária de Quarai, para Porto Alegre, não creio que seja permitido levar cavalos no porta malas. Gonsales tem a solução:

–Te presto mi poncho y espuelas para que puedas cavalgar de Quaraí a Porto Alegre.

Ironiza Gonsales, se intrometendo na conversa novamente, percebo a expressão de ódio no rosto de Terezza, pela intromissão de seu ex na conversa.

– Por que as pessoas só percebem que perderam, após terem perdido? Depois ficam lamentando-se.

Responde a professora com ares de censura, Eu fico aborrecido com Gonsales, consegue transforma minha conversa pessoal com Terezza, em uma discussão de relacionamento entre os dois.

– Quejándose? ¿Quién está? Te estoy ayudando a hacer lo mejor que puedas, a decidir por otros lo que deberían hacer. No se equivoque mi hermano Camilo, en unas pocas horas querrá decidir todo su futuro.[54]

Terezza ri ironizando a fala de Gonsales, responde na voz de seu personagem favorito, o paîe guarani com voz grave e melancólica de payador.

– Cuidado meu irmão Camilo, essa tóxica flor de curunilha, vai intoxicar sua vida, igual fez com a minha, ao final, será um homem respeitado, terá uma profissão, mas não será mais o mesmo pugilista, folclorista de antanho – Terezza para de falar, parece pesar as palavras que vai proferir, fala, mais baixo, quase arrependida antes de ter falado – sem futuro que era.

---

54 Lamentando-se? Quem está? Eu estou te ajudando a fazer o que de melhor faz, decidir pelos outros o que eles devem fazer. Não se engane meu irmão Camilo, em algumas horas ela vai querer decidir todo seu futuro

Por alguns instantes tudo fica em silêncio, os sons da noite, grilos, sapos, cigarras..., tornam-se ensurdecedores, eu, que até então estava incondicionalmente ao lado de Terezza, sinto compaixão e me solidarizo com Gonsales, ele segue à frente, em silêncio, o compasso dos cascos de seu cavalo na relva úmida da madrugada, parecem ampliar-se, iguais a tambores, encobrindo os sons das águas do rio Guaraí alguns metros à frente. Ele sofrena o cavalo, fala, como se não houvesse escutado o que Terezza disse a pouco.
– Aquí estamos hermano, solo cruza el río y regresa a tu país.

Capítulo Dez.

A utopia do pugilista.

Olho o barranco, de quase noventa graus de inclinação, abaixo escuto as águas o assoreando, pelo barulho, a uns três metros de altura, resmungo mau humorado.

– Não está querendo que eu salte daqui para dentro do rio?

Gonsales ironiza em meio a risos:

– ¿Por qué no hermano? Tres metros es salto para jugar[55], para salvar mi vida yo saltaría veinte.

Terezza responde séria, demonstrando não ter achado graça na piada:

– Retornando um ou dois quilômetros em direção a Artigas, há uma praia de fácil acesso ao rio, local onde tem bancos de areia em meio ao rio, deixando a travessia mais fácil.

Cavalgamos as margens do rio, em meio ao capim que se aproxima da barranca de terra vermelha, assoreada a milênios pelo rio Guaraí, modelando suas curvas e remodelando à fronteira Brasil e Uruguai. Seguimos por algum tempo pela planície até que abruptamente incia-se um declive de algumas dezenas de metros, até as margens nivelar-se ao rio, formando uma praia lamacenta de barro vermelho, cavalgo para mais perto do rio ouvindo as ferraduras de meu cavalo espalhando lama e água do solo lamacento, consigo enxergar as águas correntes do Quaraí nos reflexos do luar, sinto um misto de

---

55 Brincar

felicidade e tristeza, ouço o som das patas dos cavalos de Terezza e Gonzales se aproximando. Eles param ao meu lado, Gonsales aconselha:

– Si va a cruzar en caballo, es mejor quitar el basto, baje el peso para que el caballo lo lleve.

Olho para Terezza, ela havia me dado o cavalo, sem que eu o pedisse. Mas chegando do outro lado o que faria com o animal? Antes que eu fale qualquer coisa, Gonsales soluciona o problema, ao menos o do cavalo.

– Al llegar al otro lado, desmonta y toca el caballo, el encuentra lo camino de regreso a estância de Terezza.

Respondo que compreendi, desço, solto a barrigueira e tiro o pelego, basto e badana, como disse Gonsales, diminuir o peso para o cavalo carregar durante a travessia, e fazer jus ao poema que fiz para Terezza, atravessar o Quaraí montando em pelo. Alcanço os aperos para Gonsales, sinto Terezza olhando-me com tristeza, passo a mão no dorso do cavalo, me preparo para saltar sobre seu lombo. Luzes clareiam tudo ao nosso redor, deixando-nos cego pela claridade, ouço gritos vindo da direção que vem as luzes, reconheço as vozes dos meus perseguidores, Terezza grita para que eu corra para o rio, ouço disparos de rifles, o cavalo de Terezza se agita, e levanta as patas dianteiras, o seguro para que não derrube a professora, Gonsales joga os aperos que segura à frente de seu basto ao solo, saca sua pistola, dispara para o alto, grita para que parem de atirar, sinto uma ferroada, ardida, próximo as costelas do lado esquerdo, levo a mão ao

local, ela fica úmida e pegajosa, minhas pernas fraquejam, caio de joelhos, olho para o alto, não havia percebido como a noite mais longa do ano estava bonita, o céu parecia uma árvore de natal, repleta de pontos luminosos, que começam a girar, fico atordoado, caio, bato o rosto no solo lamacento as margens do rio, sinto as mãos suaves de Terezza me ajeitando em seu colo, uma gota de água cai em minha face, e o tempo nem está pra chuva, a gota d'água rola pela minha face, até meus lábios, é salgada, degusto o doce salgado da lágrima de Terezza, ouço ela falar, em meio a soluços:
– Está tudo bem, vou te levar para o hospital, foi apenas um tiro que passou raspando.
Tento sorrir, não consigo, me falta ar, não foi de raspão, não consigo respirar, deve ter perfurado um pulmão, a professora segue, mentindo, dizendo estar tudo bem, não ser nada grave, logo chegaremos a um hospital, me esforço para falar, pergunto:
– Se tudo é utopia, para onde irei?
Ouço ela sorrir entre soluços, mais lágrimas, chovem sobre meu rosto, responde tentando sorrir:
– Para o hospital Zangado, vou te levar para o hospital.
– Não é justo não termos um lugar para irmos ao morrermos, eu gosto da utopia de Santo Inácio, gostaria de ir para um lugar igual as reducciones, encontrar meu pai, e fazermos novamente os serviços que fazíamos quando eu era criança.
– Então quando chegar sua hora é pra lá que vai, essa é a sua utopia – me responde entre soluços Terezza,

sussurro entre gemidos tentando levar ar aos pulmões:

– Essa é uma utopia muito ruim, não acha?

– Não, é uma das melhores que já ouvi...

A frase de Terezza é cortada ao meio, sinto alguém me içar do solo, Gonsales, me pega no colo, grita que tem de me levar a um hospital, sinto solavancos e escuto suas pisadas no terreno lamacento enquanto corre me carregando em seus braços, Terezza abre a porta traseira de um dos carros, acho que é o impala que nos perseguiu mais cedo, Gonsales me coloca deitado no banco, Terezza levanta minha cabeça, senta-se e a coloca em seu colo, Gonsales grita, para que o dono do veículo dirija, senta no banco do carona, e resmunga xingamentos e insultos, Terezza passa a mão em meu cabelo, pede que eu aguente um pouco mais. Sinto uma dor insuportável na região aonde o projétil se alojou, abro a boca puxando o ar, ele não chega aos pulmões, convulsiono me debatendo, sinto Terezza em choro me abraçar, pedindo para que eu não morra, tudo fica escuro.

Não sinto mais dor nem ânsia ou agonia, uma paz inexplicável toma conta de minha alma, tudo fica claro, é um dia lindo de primavera, estou em meio a uma invernada, onde um campo verde está salpicado de flores de distintas cores e tipos, o campo segue até encontrar-se com uma densa floresta, vejo um posteiro, cavando o solo e colocando poste para fazer cerca, o reconheço, ele me olha, sorri, fala de maneira agitada, mas mansa:

– Vem meu filho, me ajuda a enterrar este poste.

Ajudo meu pai a instalar o poste, depois cavo buracos para outros, perco a noção do tempo, tão faceiro de voltar a ajudar meu pai em seu ofício. Ele olha a quantidade de postes instalados, fala:
– Por hora está bom.
Enquanto pega as ferramentas, pergunto se não esticaremos os arames, ele balança a cabeça, responde:
– Não é necessário ter alambrado, vem, tem um potro que estou domando, está no ponto de fazer a primeira encilha. Você está preparado para cavalgar um potro pela primeira vez? Ele vai veacar, saltar, tentar de sacar do lombo, tu tem mostrar quem manda.
Respondo que estou pronto, o potro está amarrado a um tronco em meio ao campo, é um potro baio, meu pai segura sua cabeça, eu monto no basto, me firmo nos estribos, seguro as rédeas, falo que estou pronto, meu pai o solta, o potro levanta as patas dianteiras, depois sai a galope atravessando a Pampa, cavalgando por morros e canhadas, sinto o vento da primavera batendo em meu rosto, e o cheiro de flores e campo invade minhas narinas, ele segue cavalgando adentrando na densa floresta, vejo tribos de várias etnias vivendo juntas e dividindo os frutos da terra, eles me veem passando, levantam a mão em aceno, eu correspondo o comprimento e sigo cavalgando, o potro cavalga em meio a floresta, desviando das galhadas e retorna para o campo de onde viemos, ao longe vejo meu pai sorrindo orgulhoso, paro ao seu lado, desço do cavalo, ele me abraça, fala ao meu ouvido:

– Me orgulho do homem que se tornou.

Caminhamos até um galpão, onde guardamos as ferramentas de trabalho, dentro, tem uma roda de homens tomando chimarrão e declamando cantilenas folclóricas, eu e meu pai sentamos na roda de cancioneiros, todos olhamos para a porta, outra pessoa entra no galpão, traz junto um violão, eu o reconheço, é José Hernández, ele se aproxima da roda de cancioneiros, faz um floreio no violão e declama em desafio:

– Canto porque me gusta ouvir las primas gemendo
Nas bordonas eu remendo o estrago que já está feito
Pelas falanges com muito jeito batendo no duro aço
Sigo fazendo regaço levando pátria por diante
Se há algum que se garante não se faça de rogado
Se agarre na guitarra e arranhe o alambrado.

Meu pai aceita o desafio, pega um violão e faz sua réplica.

– Arranhar o alambrado é meu ofício minha vida
De onde arranco o balsamo que me cure as feridas
Vida boa é a do próximo, roça bonita é a do vizinho
Não sei que estranho caminho, outros querem seguir
Mesmo sabendo aonde ir, teimam em sair da rota
O certo é que nada brota, se nada lá foi semeado.

José Hernández –
Se nada lá foi semeado, a culpa é do semeador?
É vil o agricultor? Que planta na terra alheia
Colhe apenas a areia, e a seara é do latifundiário vil

Este é o grande covil onde a semente foi guardada
Ao semeador resta nada, come a sobra da matilha
E viver dos verdes dos campos e da flor da curunilha.

Meu pai –
Verde de campo é bom pasto pra manada
A flor da curunilha já nasce envenenada
Boia boa é sempre salgada pelo suor do vivente
Pro pagão ou o mais beato crente é a mesma equação
Só resolve a operação, se o coração estiver latente
E as penas são comungadas nas cordas do violão.

José Hernández –
Nas cordas de acero retino até que sangre los dedos
E nesse bárbaro segredo dos alambrados da guitarra
Abordoando o duro aço eu desfaço as amarras
Do semeador explorado meu canto é unguento pra dor
Já disse o bom pastor, que todos repartam o pão
Nessa grande profusão, de raça credos e cores.

Meu pai –
Nessa grande profusão, de raça credos e cores
Aos vivos cabem os labores e equacionar o que resta
Quem disse que tudo era festa? Ai de se degustar o labor
Provar o próprio suor, só depois da tarefa cumprida
Pode-se então alardar, que de fato viveu a vida
E na hora da partida segue sem medo dos segredos.

José Hernández aproxima-se de mim, olhando em meus olhos castiga as cordas do vilão com acordes bruscos, fazendo jus aos versos, usando os dedos igual a manguá, dando bordoadas nas cordas do violão, então, suaviza, dedilha as bordonas em um milonguear choroso, ele e meu pai cantam junto os mesmos versos:

E na hora da partida segue sem medo dos segredos
Não se assuste com os enredos, dos que falam sem saber
Ninguém voltou pra dizer, si és bueno ou si és malo
O certo é que por regalo, ainda tem muito que viver
E por mais que aprender, não esqueça o mais simples
Problemas só os tem, quem tem um coração a bater.

Ouço as vozes sumindo ao longe, e tudo volta a ficar escuro, sinto um solavanco e um gosto salgado nos lábios, passo a língua, reconheço o sabor da lágrima de Terezza, e seu grito:
– Ele está vivo! Gonsales ele está vivo!

Abro os olhos e vejo pelo vidro da janela o dia amanhecendo, à noite mais longa do ano chegava ao fim, vejo uma bola vermelha surgindo no horizonte, que aos poucos vai deixando todo o céu com tons alaranjado, não lembro de ter visto um amanhecer tão belo, Terezza me abraça com força, aperta minha mão, sinto as mãos de Gonsales sobre a minha e de Terezza, ele fala quase aos gritos:
– Sabía hermano que no había muerto, somos boxeadores, y lo peor, folkloristas, nunca mueren el día anterior.[56]

---

56 Eu sabia irmão que não havia morrido, somos pugilistas, e o pior, folcloristas, esses nunca morrem na véspera.

Terezza olha com ternura para Gonsales, passa a mão em seu rosto, enquanto apertam minha mão. Lembro que ambos me devem um pedido, acho que sei o que pedir, está obvio, que deem outra chance um ao outro. Eu, tenho de ir a um hospital, ver a gravidade do ferimento, me acertar com a justiça uruguaia, pelo acidente com Juan, depois voltar por onde vim, encontrar minha mulher de contos de fada, primeiro, conseguir um trabalho que me sustente, muitas equações a serem solucionadas. Problemas, que só os tem, quem está. VIVO.